이춘풍전
춘풍이는 봄바람이 들어 평양에 가고

18

이춘풍전

춘풍이는 봄바람이 들어 평양에 가고

전국국어교사모임 기획 · 이정원 글 · 김언희 그림

Humanist

'국어시간에 고전읽기' 시리즈를 펴내며

고전을 읽어야 한다는 가르침은 어릴 때부터 귀가 따가울 만큼 들었다. 그러나 몸소 이를 따르는 사람은 흔치 않다. 종종 고전을 가까이하는 사람들이 있는데 이들은 대체로 삶을 헛되이 보내지 않고 훌륭한 일을 이루어 세상에 뚜렷한 이름을 남겼다. 고전 안에 그만큼 값진 속살이 들어 있기 때문이다.

고전이 이처럼 깊은 가치를 지녔는데 어째서 고전을 읽는 사람은 흔치 않을까? 아마도 고전이 사람을 쉽게 끌어당겨 주지 않기 때문일 것이다. 고전은 우리에게 섣불리 손짓을 하지도, 눈웃음을 치지도 않는다. 고전은 끈기를 가지고 파고들어 오는 사람에게만 마지못한 듯이 웃음을 지으며 속내를 털어놓는다. 고전은 요즘보다 훨씬 무뚝뚝하던 옛날에 이루어진 삶이며 글이기 때문이다.

그래서 우리는 청소년들이 고전을 즐겨 읽을 수 있도록 마음을 다하였다. 뻣뻣하고 까칠한 고전을 달래서, 부드럽고 친절하게 청소년을 끌어당기도록 손을 쓰고 공을 들였다. 멋없이 무뚝뚝하던 고전을 정성껏 매만져서 두 팔을 활짝 벌리고 청소년들을 끌어안을 수 있도록 탈바꿈하였다.

고전은 이제 온전히 겉모습을 바꾸어 청소년들을 맞이할 것이다. 자칫 속살까지 탈바꿈한 것처럼 보일지 몰라도 책을 읽다 보면 예스러운 고전의 맛과 멋을 한껏 느낄 수 있을 것이다. 우리는 무엇보다도 고전이 고전다운 속내와 뼈대를 온전하게 지니도록 하는 데 힘을 쏟았다.

고전은 시공간을 뛰어넘고, 나라와 겨레를 뛰어넘어 세상 모든 사람에게 큰 울림을 준다. 《시경》, 《탈무드》, 《오디세이아》, 셰익스피어와 괴테의 작품이 세상 모든 이에게 가르침을 주듯이, 우리의 고전도 모든 이에게 값진 가르침을 줄 것이다. 가르침이 서로 다르기는 하지만 높낮이가 있는 것은 아니다. 그러므로 세상 고전을 두루 읽어야 하는 것이나, 우리는 우리네 고전부터 읽는 것이 마땅한 차례다.

이런 뜻으로 전국국어교사모임에서 '국어시간에 고전읽기' 시리즈를 펴낸 지 십 년이 되었다. 누구나 두루 즐기며 읽을 수 있도록 쉽게 풀어 쓰고 맛깔나고 재미있는 작품으로 재창조하려고 무던히도 애썼다. 다행히도 많은 독자로부터 분에 넘치는 사랑을 받았고, 우리 고전을 가까이하고 즐기는 청소년들이 많이 늘어 고마울 따름이다.

지난 십 년처럼 묵묵하게 이 시리즈를 이어 갈 생각으로 첫 마음을 되새기며 글과 그림을 더하고 고쳐 좀 더 새로운 얼굴의 우리 고전을 세상에 다시 내놓으려 한다. 이 책을 통해 우리 청소년들이 풍성하고 가치 있는 고전의 바다에 풍덩 빠질 수 있기를 기대해 본다.

2012년 11월
전국국어교사모임

《이춘풍전》을 읽기 전에

《이춘풍전》은 마당놀이로 많이 만들어져 낯설지 않은 작품이지만, 그렇다고 학생들에게 잘 알려진 작품도 아닙니다. 대개의 고전이 그러하듯, 제목은 알지만 실제 내용은 잘 모르지요. 그렇다면 몇 백 년에 걸친 우리나라 옛 소설의 역사에서 《이춘풍전》은 어떻게 살아남아 고전의 지위에 오를 수 있었을까요?

실상 《이춘풍전》이 등장한 것은 얼마 되지 않았습니다. 19세기쯤이 아닐까 추측합니다. 그렇다면 백 년밖에 되지 않은 작품이지요. 하지만 《이춘풍전》은 그전에 있었던 여러 풍자 소설의 전통을 그대로 이어받으면서도 획기적으로 바뀐 작품이기도 합니다. 바로 전통의 계승과 창조의 측면에서 《이춘풍전》은 고전의 가치를 스스로 빛내고 있습니다.

남주인공의 이름은 《이춘풍전》을 제대로 이해하는 데에 매우 중요한 실마리가 됩니다. '춘풍'은 말 그대로 '봄바람'이라는 뜻입니다. 이름대로 이춘풍은 봄바람이 살랑대는 것처럼 처신이 매우 가벼운 사람입니다. 어떤 점에서 처신이 진중하지 못하다는 것일까요? 《이춘풍전》의 줄거리를 대충 훑어보면 짐작이 되겠습니다.

서울에 이춘풍이라는 사람이 살았습니다. 부잣집 아들이었는데, 젊어서 부모님이 돌아가시자 제멋대로 살아서 재산을 모두 날렸습니다. 결국 춘풍이는 아내에게 집안 살림을 모두 맡겼고, 아내는 다시 큰 재산을 일구었습니다. 그러자 춘풍이가 이번에는 나랏돈까지 빌려서 평양으로 장사를 떠났습니다. 그리고 평양 기생 추월이에게 홀려서 전 재산을 또 날리고 추월이네 집 머슴살이를 하게 되었습니다. 이 소식을 들은 춘풍의 아내는 꾀를 내어서 평양 감사의 비장이 되어 추월이와 춘풍이를 혼내 주고 재산도 다시 찾습니다. 집에 돌아온 춘풍이는 이것도 모른 채 아내 앞에서 거드름을 피웠다가 망신을 당하고 나서야 제정신을 차려 잘 살게 되었습니다.

어떻습니까? 춘풍이는 어떤 사람 같습니까? 청소년이 가까이하기엔 조금 불편한 사람이지요? 그는 이른바 '주색잡기'에 빠져 살던 사람이었습니다. 우리 고전 소설 중에는 이렇게 바르지 못한 인간을 제시한 뒤, 올바른 길로 인도하는 소설이 여럿 있었는데, 《이춘풍전》은 바로 그 전통을 계승하고 있습니다. 동시에 《이춘풍전》보다 앞서 있었던 소설들이 인간의 '도덕적 판단력'을 문제 삼는 데 비해, 이 작품은 '경제적 능력'을 문제 삼고 있습니다. 자산 관리를 못하는 인간을 못난 사람이라고 우리에게 제시하고 있는 것입니다. 그러므로 《이춘풍전》의 출현은 우리가 '도덕'보다 '돈'을 더 의미 있게 다루는 시대에 접어들었음을 의미합니다.

소설은 당연히 재미있어야 합니다. 그런 점에서 《이춘풍전》은 매우 성공적인 작품입니다. 춘풍이의 세속적인 면모와 화려한 생활을 들여다보는 것은 그 자체로 유쾌한 일입니다. 더구나 이 책은 청소년 여러분을 위해 매우 쉬운 문체로 작품을 다듬었습니다. 거리낌 없이 살았던 춘풍이의 행적을 따라가다 보면 여러분은 성인의 방탕함을 간접적으로 경험할 수 있을 것입니다. 그리고 그것에 대해 거리를 두고 살펴볼 수 있는 기회를 갖게 될 것입니다. 《이춘풍전》을 읽는 재미라고 할 수 있겠지요.

2015년 7월
이정원

차례

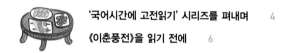
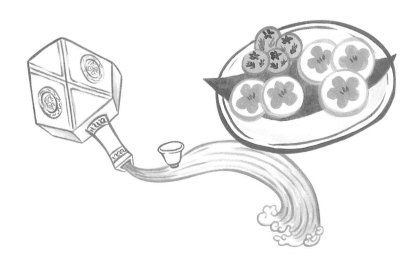

슬프다, 평양 가서 장사하신다던 우리 가장,
어이 그리 허랑한고.

남들은 재산 말아먹는 것이 한 번도 어렵다는데,

어찌하여 우리 가장은 기생집에서

나랏돈까지 날린단 말이냐.

술 잘 먹는 춘풍이

숙종 대왕이 즉위하여 나라를 잘 다스리니, 인심은 부드럽고 나라는 태평하였다. 집집마다 먹고사는 것이 넉넉하여 산에는 도적이 없고, 길에 값진 것이 떨어져 있어도 주워 가는 사람이 없었다. 다시없을 평화로운 시절이었다.

이때 서울 다락골에 이춘풍이라는 사람이 살고 있었다. 재산이 아주 많아서 서울에서도 거부로 소문이 난 집안의 자식이었다. 외아들이었던 춘풍이는 미남자로 잘생겨서, 부모는 춘풍이를 오냐오냐하면서 길렀다. 그래서 춘풍이는 어렸을 때부터 하고 싶은 것은 뭐든지 하면서 자랐다. 그러다가 어느 해에 춘풍의 부모가 한꺼번에 돌아가시니, 춘풍이가 슬퍼하며 삼년상을 치렀다.

부모가 돌아가시고 나자, 안 그래도 하고 싶은 대로 하며 살아온 춘

풍이를 훈계할 사람이 아무도 없었다. 춘풍이는 날마다 술 먹고 기생질을 하는 등 방탕하게 지내면서 부모에게 물려받은 엄청난 재산을 아무렇게나 썼다. 서울의 남북촌에 있는 한량들과 함께 휩쓸려 다니며 밤낮으로 호사스럽게 놀았다.

모화관에서 활쏘기, 장악원에서 풍류 즐기기, 친구와 어울려 바둑 두기, 장기 두기, 투전 놀음하기, 엿 내기하기, 아이 보면 돈 주기, 어른 보면 술대접하기 같은 온갖 놀이를 하였다.

먹는 것도 남달랐다. 기생을 옆에 앉히고 맑고 고운 소리로 노래를 부르게 하고, 담근 지 일 년 된 향기 좋고 맛 좋은 술에 열구자탕, 너비아니, 갈비찜을 하루도 빠지지 않고 즐기니 기생집의 아름다운 기생들이 달려들어 춘풍의 돈을 뜯어 갔다. 그렇게 매일매일 돈을 허비하니 아무리 부자라도 그 씀씀이를 감당할 수 있겠는가. 결국은 그 많던 재산이 티끌같이 사라지고 말았다.

하루는 춘풍이가 하릴없이 제 집에 돌아와 자기 부인에게 말하였다.

"여보, 마누라! 집안이 가난하면 현명한 부인을 생각하게 된다고 옛글에 써 있는데, 애고애고, 우리는 이제 어찌 살꼬?"

가련한 춘풍의 아내가 말하였다.

- 삼년상(三年喪) 세 해 동안 상을 치르는 일.
- 한량(閑良) 돈 잘 쓰고 잘 노는 사람. 원래는 일정한 직무 없이 놀고먹던 말단 양반 계층을 일컫는 말.
- 모화관(慕華館) 조선 시대에, 중국 사신을 영접하던 곳.
- 열구자탕(悅口子湯) 신선로에 여러 가지 어육과 채소를 넣고 석이버섯, 호두, 은행, 황밤, 실백, 실고추 따위를 얹은 다음 장국을 붓고 끓이며 먹는 음식.
- 너비아니 얇게 저민 뒤 양념을 하여 구운 쇠고기.

"여보, 서방님! 내 말 좀 듣소. 사내대장부로 태어났으면 글을 배우든지 칼 솜씨를 익히든지 하여서 문과든 무과든 딱 급제하면, 머리에는 어사화를 꽂고 몸에는 비단옷을 두르고 부모님께 큰절 올리고 후세에 이름을 떨칠 수 있건만, 당신은 어찌하여 밤낮으로 기생질만 하였소. 벼슬살이가 어려우면 재산을 불리는 데 힘을 써서 처자식을 굶기지 말고 먹고 입는 것을 호강스럽게 하다가 나이 들어서는 자식들에게 물려주고 우리 둘이 단촐하게 평안히 사는 것도 좋았을 것을. 어찌하여 당신은 부귀공명을 마다하고 오로지 기생질로 부모가 물려준 재산을 다 없애고 그 많던 노비며 논이며 밭도 다 팔아먹었단 말이오? 아이구, 내 신세야. 밤낮으로 저렇게 방탕하게 살았으니 이제는 어찌 살꼬? 옛날부터 기생질 하는 사람치고 잘 사는 이를 못 보았지. 미나릿골 살던 이 패두는 술집 여자들 쫓아다니다가 나중에는 신세를 망쳤고, 동문 밖의 오 청두도 투전 잡기를 즐기다가 말년에는 걸인 되었고, 남산골 화진이도 소년 시절에는 부자로 지내면서 주색잡기를 즐기다가 늙어서는 몹쓸 병으로 죽었고, 모시전골에 살던 김 부자도 술 잘 먹고 허랑하기가 장안에 유명하더니 결국은 그 많던 돈을 다 없애고 요새는 기름 장사로 다닌다대. 이런 일로 볼진대, 다시는 주색잡기를 마오."

이렇게 울면서 말을 하니 춘풍이가 짜증이 팍 올라와서 역정을 내었다.

"흥, 자네! 내 말도 좀 들어 보소. 대춧골 사는 대실이는 술 한 잔
을 못 먹어도 돈 한 푼을 못 모았고, 각
동각동 걸었던 각동이는 오십이 되도
록 주색을 몰랐어도 남의 집
머슴살이를 못 면했고, 탑
골 살던 복동이는 투전
골패를 몰랐어도 수천금
을 다 없애고 굶어 죽었으
니, 이런 일로 볼진대, 주색
잡기를 안 한대도 잘 사는
이는 별로 없네. 그리고 자네 조
금만 더 들어 보소. 술 잘 먹던
이태백은 노자작, 앵무배로 백년 삼만
육천 일에 하루도 빠짐없이 삼백 잔을 먹었지만

* **어사화**(御賜花) 과거에 급제한 사람에게 임금이 내리던, 종이로 만든 꽃.
* **패두**(牌頭) 조선 시대에, 죄인의 볼기를 치는 일을 맡아 하던 사령.
* **청두**(廳頭) 고려 시대에, 궁의 조회를 맡은 합문에 소속된 하급 관리.
* **주색잡기**(酒色雜技) 술과 여자와 노름.
* **모시전골** 모시를 팔던 가게가 있던 골목.
* **허랑하다** 사람 됨됨이가 허황되고 착실하지 못함을 일컫는 말.
* **이태백**(李太白) 중국 당나라 때의 시인. 현종의 궁정 시인이 되기도 했으나 대체로 일생을 방랑 속에서
  불우하게 보냈다. 성격이 호탕하여 세속의 생활에 매이지 않고 자유분방한 상상력으로 시를 읊었다.
* **노자작**(鸕鶿酌) 가마우지 모양으로 만든 술구기. 술구기는 술을 풀 때 쓰는 도구.
* **앵무배**(鸚鵡杯) 앵무새 부리 모양으로 만든 술잔.

한림 학사 벼슬을 살았고, 자골전에 살던 일손이는 주색잡기를 그렇게 했어도 나중에 잘되어서 일품 벼슬을 하였으니, 이것으로 볼진대, 주색잡기 좋아하는 것은 사내들에겐 어쩔 수 없는 일이라네. 나도 지금은 재산이 좀 없어졌지만, 이렇게 놀다가 일품 벼슬을 하고 이름을 후세에 전할지 어찌 알겠는가?"

춘풍이가 이렇게 큰소리를 떵떵 치며 돌아앉더니 그길로 다시 술을 먹으러 나갔다.

---

* 한림 학사(翰林學士) 한림원에 소속된 벼슬아치.
* 일품(一品) 벼슬 조선 시대에, 문무관 벼슬의 첫째 품계에 해당하는 벼슬.

가장이 된
춘풍 아내

그러나 돈이 없으니 누가 술을 주리오. 며칠을 돌아다녀도 술은커녕 밥 한 숟가락을 얻어먹지 못해서 배를 쫄쫄 곯더니 집으로 다시 왔다. 그리고 그제서야 고개를 푹 숙이고 아내에게 정중하게 말을 하였다.

"자네, 부디 노여워 마시게. 자네, 부디 서러워 마소. 내가 마음으로 생각해 보니 지난날 내 잘못이 컸네그려. 이제야 깨달았네. 하지만 이미 지나간 일을 어찌하겠는가. 그래도 가난해서 못 살겠네. 어찌하면 좋겠는가. 오늘부터는 자네가 가장 노릇을 좀 하게. 모든 집안일을 자네에게 맡길 것이니 자네 마음대로 집안일을 처리하게. 나는 그냥 옷이나 입고 밥이나 먹게만 좀 해 주게."

춘풍의 아내가 춘풍이의 말을 들으니 애처로운 마음이 들었다.

"여보시오, 서방님. 부모님이 물려주신 그 많던 재산을 주색잡기에

다 없애고 이 지경이 되었지만, 이제부터라도 바느질, 길쌈, 방아 찧기를 부지런히 하여 돈을 모으면 설마 서방님 입고 먹는 것이 어렵겠소? 내 다른 것을 아끼면 아꼈지 서방님 드시는 것은 부족하지 않게 하리다."

춘풍이가 이 말을 듣더니 점점 신이 나서 대답하였다.

"아, 그래? 당신 말이 참말로 듣기 좋소! 그럼 자네가 아직 내 말을 못 믿을 테니, 앞으로는 절대 주색잡기를 안 하겠다고 내가 아예 수기를 써 줌세."

춘풍이가 말을 마치자마자 일어서더니 지필묵을 딱 갖다 놓고 수기를 쓰는구나.

아무 해 아무 달 아무 날에 나 이춘풍은 다음과 같이 다짐한다. 방탕하게 기생질을 하여 부모님이 물려주신 많은 재산을 다 탕진하고서야 그간 잘못 살았다는 것을 깨우쳐 후회하노라. 오늘부터는 모든 집안일을 나의 아내 김씨에게 맡기니, 김씨가 재산을 관리하여 재산이 수천만 냥으로 늘어나더라도 그것은 모두 김씨의 것이요, 나 이춘풍의 것은 아닐 것이로다. 그리하여 돈 한 푼, 좁쌀 한 톨이라도 내가 내 멋대로 처분할 수 없을 것임을 여기에 약속하나니, 나중에라도 내가 또다시 주색잡기에 빠지거든 이 수기를 가지고 관청에 고발하여도 좋다. 이춘풍은 엄숙히 약속하여 쓰노라.

* 수기(手記) 자기 손으로 직접 쓴 글이나 글씨.

　춘풍이가 자기 이름을 수기에 적어서 주니, 춘풍 아내가 떨떠름하게
받아 들고 다시 말을 한다.

　"또다시 주색잡기에 빠지거든 이 수기를 가지고 관청에 고발하라고
하였으나, 어찌 한 집안의 가장을 내가 함부로 고발할 수 있단 말이
오? 나는 차마 그리할 수 없소."

　이 말을 듣고 춘풍이가 냉큼 다시 수기를 가져가더니 내용을 고치
기 시작하였다.

　"다시 이춘풍은 약속하노라. 오늘부터 내가 주색잡기를 하거든 나
는 세상에 다시없을 비루한 사람일 것이니, 내가 만약 다른 말을 하거

든 이 수기를 가지고 나를 일깨우면 나는 바르게 살겠다.”

　이렇게 다짐을 하고 이춘풍이 아내에게 수기를 주니, 아내가 좋아라고 수기를 받아 함롱에 넣어 두고 이날부터 집안을 다스리기 시작하였다. 춘풍의 아내가 돈을 벌려고 온갖 일을 한다. 굳은 일, 힘든 일 마다 않고 닥치는 대로 일을 한다. 바느질도 잘하고 길쌈도 능수능란하다. 오 푼 받고 새 버선 짓기, 서 푼 받고 새김볼 박기, 두 푼 받고 한삼 짓기, 서 푼 받고 헌 옷 깁기, 너 돈 받고 창옷 짓기, 닷 돈 받고 도포 짓기, 엿 돈 받고 철릭 짓기, 일곱 돈 받고 금침 하기, 한 냥

　•　**한삼(汗衫)** 예복을 입을 때 손을 가리기 위해 소매 끝에 길게 덧대는 흰 천.
　•　**창옷** 예전에, 중치막 밑에 입던 웃옷의 하나. 두루마기와 비슷하나 소매가 좁다.
　•　**도포(道袍)** 선비들이 평상시에 예복으로 입던 겉옷. 소매가 넓고 길며, 길이도 길어서 발목까지 내려왔다.

받고 돌찌 누비, 석 냥 받고 긴 옷 누비, 두 냥 받고 바지 누비, 너 냥 받고 관복 짓기. 겨울이면 무명옷 짓기, 여름이면 삼베 길쌈, 가을이면 염색하기, 이렇게 저렇게 봄, 여름, 가을, 겨울 밤낮으로 쉴 새 없이 사오 년을 일을 하여 돈을 모으더니, 그 돈을 다시 큰 이자를 받고 빌려줬다 받으며 돈을 불려서 수천 금을 모았구나. 드디어 입고 먹는 것이 넉넉하고 가세도 풍족해지니 남 부러워할 것이 없게 되었다.

이때에 춘풍이는 아내 덕에 의복을 맵시 있게 차려입고 온갖 맛나고 기름진 음식을 안주 삼아 술을 마셔 대니 집에서 날마다 취하는구나. 햇빛 좋은 날에는 연못가에 차양을 치고 한쪽에서는 고기를 굽고 또 한쪽에서는 향기로운 술을 따라서 한 잔 한 잔 맛을 보니, 점차로 마음이 교만해지면서 옛날 버릇이 다시 살아났다.

• **철릭** 조선 시대에, 무관이 업무를 볼 때 입던 옷. 허리에 주름이 잡히고 큰 소매가 달렸다.
• **금침(衾枕)** 이부자리와 베개.
• **돌찌 누비** 두 겹의 옷감 사이에 솜을 넣고 줄줄이 홈질하는 바느질인 누비의 일종.

춘풍이는 평양에 장사를 가고

하루는 집에서 이리 뒹굴 저리 뒹굴 하며 이런 생각 저런 생각을 하던 춘풍이가 무슨 생각이 들었던지 갑자기 벌떡 일어나더니 호조로 달려가서 나랏돈 이천 냥을 빌려 왔다. 그러더니 이러쿵저러쿵 말도 안 하고 옷을 차려입더니 자기는 평양으로 장사를 하러 가겠다고 선언을 하는 것이었다. 춘풍 아내가 이 말을 듣고 하도 어이가 없어서 벌어진 입을 다물지도 못하고 서 있다가 겨우 정신을 차려 춘풍이를 달래기 시작하였다.

"여보시오, 서방님. 내 말 잠깐 들어 보소. 스무 살도 되기 전에 부모님이 물려주신 재산을 다 탕진하고 그 뒤로 오 년을 주색잡기를 안

◦ **호조(戸曹)** 조선 시대에, 육조 가운데 호구, 공부, 전량, 식화에 관한 일을 맡아보던 관아.

하겠노라 결심하고 앉아 있다가, 이제 다시 장사를 간다니 그게 무슨 말씀이오? 장가들고 나서는 온갖 잡기에 빠져 지내시던 분이라 세상 물정도 어두울 터인데 무슨 장사를 하신다고 나선단 말이오? 평양 물정을 내가 들어 보니, 당신 가시면 돈 쓰기가 딱 좋소. 사치스럽고 번화하기가 여기 서울보다 더하다오. 벽에다가 분을 발라 으리으리하게 꾸며 놓은 술집마다 아리따운 기생들이 고운 이를 드러내며 청아한 목소리로 교태롭게 노래를 하면, 돈 많고 허랑한 사내들은 가던 길도 돌아와서 술을 마신다오. 그렇게 홀려서 돈이며 땅문서며 벗겨 먹는 것이 평양의 골목골목마다 있는 술집에서 하는 일이라오. 제발 부디 장사를 가지 마오."

이렇게 춘풍의 아내가 지성으로 만류하니 춘풍이가 점잖게 다시 말을 한다.

"어허, 이 사람아. 장사하러 가는 사람한테 무슨 술집 이야기를 하는가? 그건 나랑 상관없는 걸세. 나도 또한 사람인데, 부모 재산 탕진하고 마누라한테 가장 노릇 시키며 사는 것이 안 부끄럽겠는가? 재산 말아먹은 것은 원통하기 그지없네. 이번에 평양을 가면 부지런히 장사를 해서 천금을 모아 올 터이니 집단속 잘하고 기다리고 있게. 나라고 맨날 술 먹고 돈 잃으면서 살겠는가? 이제는 새로운 운수가 있을 테니 걱정 말고 잘 있게. 내 얼른 다녀옴세."

춘풍 아내가 춘풍이의 넉살에 기가 막혀 한숨 소리가 절로 난다.

"끙, 아이구, 서방님! 몇 년 전에 쫄딱 망했을 때에 앞으로 재산을 모으거든 땡전 한 푼도 간섭하지 않겠노라고 약속하신 것은 벌써 잊

으셨습니까? 다시 주색잡기를 하면 세상에 다시없을 비루한 사람이라고 수기에 써서 함롱에 넣어 두었던 일이 바로 엊그제 같은데, 부디 마음을 다시 진정하시고 집에서 편안히 지내십시오."

춘풍이가 말로 살살 아내를 달래다가는 도저히 길을 못 떠날 것만 같으니까 이제는 버럭 화를 낸다.

"아니, 뭐가 어쩌고 어째? 다시 주색잡기를 하면 세상에 다시없을 비루한 놈이라고? 아니, 내가 장사를 간다고 했지 술 먹으러 간다고 하더냐? 이런 요망한 계집을 봤나? 천 리 길 장사하러 떠나는 남편한테 잘 다녀오시라고 인사는 못할망정 요망스럽게 잔말을 그렇게 해?"

말을 채 마치기도 전에 춘풍이가 어질고 착한 아내의 머리채를 손으로 휘어잡더니, 비단 가게에서 비단 감듯이, 잡화 가게에서 연줄 감듯이, 사월 초파일에 스님들이 등 줄 감듯이, 힘 좋은 뱃사공이 닻줄 감듯이 휘휘칭칭 휘어잡더니 있는 힘껏 벽에다가 패대기를 치는 것이었다.

　　세상에 저리 곱고 어진 아내, 서방 살린다고 몇 년을 고생하여 재산을 모은 착하고 부지런한 아내를 그렇게 야멸차게 패대기를 쳐 놓고도 눈 하나 깜짝 안 하고 춘풍이가 길을 나선다. 제 아내한테 고함지르고 으박질러 놓고 집안 재물을 탈탈 털어서 말에다 싣더니 평양으로 가는구나. 이렇게 춘풍이가 떠날 적에, 불쌍하다, 춘풍 아내는 아무리 말려도 남편은 말을 듣지 않고 몹쓸

손찌검에 몸도 상하고 마음도 상하여서 집에 홀로 남겨졌다.

이때 춘풍이는 호조에서 빌린 돈이며 집에서 챙긴 돈까지 단단히 싸서 말에다 싣고 온갖 잡화도 실어 놓고 길을 떠나는구나. 좋은 말에 야무지게 짐을 꾸린 것이 단정하니 보기에도 좋다. 더구나 호랑이 가죽으로 말 안장을 돋웠으니 호사스럽기가 그지없다. 춘풍이가 봄바람이 들어 평양에 간다.

의기양양하여 내려갈 적에 연소문을 얼른 지나서 무학재를 얼른 지나 평양 길을 내려갈 적에, 청석동에 다다르니 정신이 상쾌하구나. 좌우 산천을 바라보니 이때는 춘삼월 좋은 시절이라. 골짜기 골짜기마다 꽃잎은 날려서 푸른 계곡 물결 위에 떨어지고, 수양버들 천만 가지마다 노란 꾀꼬리가 암수 서로 다정히 앉아 노래를 한다. 울울창창 산속에는 나무도 많구나. 십 리 절반 오리나무, 열의 갑절 스무나무, 대낮에도 밤나무, 방귀 뀌어 뽕나무, 오자마자 가래나무, 깔고 앉아 구기자나무, 거짓 없어 참나무, 그렇다고 치자나무, 칼로 베어 피나무, 네 편 내 편 양편나무, 입 맞추어 쪽나무, 양반골에 상나무, 너하구 나하구 살구나무, 아무 데나 아무나무. 나무란 나무는 모조리 산에 박혀 봄바람에 흥이 겨워 우줄우줄 춤을 추는구나.

또 한편을 바라보니, 그 우거진 수풀 사이로 온갖 새가 날아든다. 새가 날아든다, 온갖 잡새가 날아든다. 새 중에는 봉황새, 만수문전에 풍년새, 산 높고 골 깊은 곳에 쌍쌍이 날아든다. 말 잘하는 앵무새, 춤

• 만수문전(萬壽門前) 만수문 앞. 만수문은 장수를 기원하는 문.

잘 추는 학, 두루미. 저 쑥국새가 울음 운다. 먼 산에 앉아 우는 새는 아시랑하게 들리고 가까운 산에 앉아 우는 새는 둔벙지게도 들린다. 이 산으로 가며 '쑥국쑥국', 저 산으로 가며 '쑥쑥국 쑥국'. 에에에에 으으으, 좌우로 다녀 울음 운다. 산에서 우는 새는 산으로 날고, 들에서 우는 새는 들판에 간다. 봄빛에 젖은 새가 온갖 소리로 교태를 부릴 적에 이제야 왔던 봄은 다시 가누나.

   이렇듯이 봄을 맞은 산을 즐기다가 춘풍이가 길을 재촉하여 평양을 간다. 동선령을 바삐 넘어 황주 병영 구경하고, 점심을 먹으면서 멀리 평양을 바라보고, 형제

교를 얼른 지나고 십 리에 펼쳐진 깊은 숲을 지나 드디어 대동강에 다다라서 모란봉을 쳐다보니, 그 아래 부벽루가 둘러 있고 물색도 좋을시고. 기자, 단군께서 다스렸던 이천 년의 세월이 곳곳마다 서려 있네. 성내에 들어서니 사람 사는 집집마다 기와 지붕이 화려하고 골목골목 볼거리도 찬란하다.

춘풍의 거동 보소. 이 골목 저 골목 다니면서 두루두루 구경하니 옛 마음이 절로 난다. 이런 변이 또 있는가. 술집 앞을 썩 지나더니 객사 동쪽에 자리를 잡고 주인장을 부른다.

"여보, 주인장! 내가 서울에서 내려온 이춘풍이올시다. 평양에서 장사를 좀 할까 하는데, 며칠 여기서 좀 묵읍시다."

객사 주인이 쓱 살펴보니 영락없는 철부지였다. 주인이 속으로 생각한다.

'아이고, 어디서 이런 허랑방탕한 놈이 왔을꼬? 오냐, 돈이나 실컷 쓰다가 가거라.'

생각은 이렇게 해도 곧이곧대로 말을 할 수가 있나. 속마음을 싹 감춘 채, 객사 주인이 얼굴 가득히 웃음을 살살 흘리면서 춘풍의 비위를 맞춘다.

"아이고, 먼 길에 얼마나 고생이 많으셨습니까. 그래, 짐은 저것들입니까? 어디, 이쪽에다 둘깝쇼?"

주인이 냉큼 아랫사람들을 불러 춘풍이가 바리바리 싸 온 짐들을 풀어서 방 한구석에 놓고, 뜨끈한 국밥을 대령하였다. 춘풍이가 서울에서 평양까지 오면서 맨날 거친 밥만 먹다가, 오랜만에 제대로 된 밥을 먹으니 맥이 탁 풀리면서 이런저런 생각에 마음이 들뜨는구나. 이렇게 이틀을 푹 쉬고 삼 일째 되는 날은 몸이 근질근질하여 갓과 도포를 갖추어 입고 헛기침을 한 번 '쿵' 하더니 객사 문밖으로 나섰다.

---

* **병영**(兵營) 병사들이 집단으로 거처하는 곳.
* **기자**(箕子) 고조선 시대에, 고조선을 다스렸다고 전하는 전설상의 인물.
* **객사**(客舍) 나그네가 묵는 집.

능력 없는 양반, 탐욕스러운 양반, 모두 놀려 먹기!

《이춘풍전》은 진지한 맛이 별로 없습니다. 이 소설은 허랑방탕한 춘풍이가 어떻게 재산을 탕진하다가 망신까지 당하고 제정신을 차리는지 보여 줍니다. 줄거리가 이미 진지함과는 거리가 멀고, 작품은 춘풍이가 맛보는 진귀한 음식, 추월이의 빼어난 외모, 흥청망청 써 버리는 돈 등에 초점을 맞춥니다. 그것도 아주 재미있고, 신나게 보여 줍니다. 하지만 결국 이렇게 흥겨운 이야기는 이춘풍을 놀림감으로 삼게 됩니다. 우리는 어떤 사람이나 제도, 가치관 같은 것을 놀림감으로 삼는 소설을 종종 만날 수 있는데, 이런 소설을 '풍자 소설'이라고 합니다.

풍자와 해학의 차이

일상에서 '풍자'라는 말은 '해학'이라는 말과 자주 더불어 쓰입니다. '풍자와 해학이 넘치는 마당놀이!'처럼 말이지요. 풍자와 해학은 모두 웃음을 유발하는 예술적 기법을 가리키는 말입니다. 풍자와 해학이 있는 이야기에서는 주인공이 고난을 당해도 그 고난이 재미있게 그려져서 웃음을 유발합니다. 이러한 웃음의 밑바탕에는 웃기는 대상에 대한 우월감이 깔려 있습니다. 가령 멀쩡히 가다가 넘어지는 사람을 보면 우리는 웃게 되는데, 이는 그렇게 실수하는 사람을 우리가 무의식적으로 못났다고 판단하기 때문입니다. 즉 그는 못났고 우리는 그보다 낫다고 보는 것이지요. 이러한 우월 심리에서 우리는 여유로움을 느끼고 웃게 됩니다.

그럼 풍자와 해학은 어떻게 구별할까요? 웃으면서 그 대상을 비난할 마음이 없으면 해학이고, 그 대상에 문제가 있다고 보면 풍자입니다. 가령 춘풍의 아내가 회계 비장이 되어 남자처럼 꾸민 모습은 웃기지만, 그걸 보고 춘풍의 아내가 잘못되었다고 생각하지는 않습니다. 이런 건 해학입니다. 반대로 춘풍이가 추월이네 집 심부름꾼이 되어 몰골이 거지처럼 된 것을 보면 웃기면서, 춘풍이의 어리석음을 조롱하게 됩니다. 이런 건 풍자입니다.

풍자 소설에서 느끼는 재미

풍자 소설은 어떤 재미가 있을까요? 이건 참 설명하기 곤란합니다. 풍자 소설은 말 그대로 웃기는 소설이고, 우리는 웃기는 이야기를 재미있다고 하기 때문입니다. 여러분도 아마 코미디 프로그램의 재미를 설명하라면 조금 의아할 것입니다. 그렇다고 여러분이 《이춘풍전》을 읽을 때 코미디 프로그램과 같은 재미를 느끼지는 않을 겁니다. 우리는 코미디 프로그램을 볼 때 거기서 보여 주는 모든 정보와 맥락을 아주 잘 이해하고 있지만, 고전 소설을 읽을 때는 그럴 수 없기 때문입니다.

그렇다면 오늘날 우리가 옛 풍자 소설을 읽으며 느낄 수 있는 재미란 무엇일까요? 물론 우리가 고전 소설에 담긴 정보와 상황 들을 충분히 이해한다면 우리는 옛사람들처럼 바로 웃을 수 있고, 그래서 재미를 느낄 수 있을 것입니다. 하지만 그렇지 못하더라도 풍자 소설은 다른 소설과 마찬가지로 남다른 재미가 있습니다. 그것은 바로 비꼬고 놀림받는 대상들을 음미하는 재미입니다. 우리는 《이춘풍전》에서 놀림받는 대상이 누구인지, 왜 놀림받는지, 어떻게 놀림받는지를 음미하면서 우리를 둘러싼 세계와 우리 자신을 더 잘 이해하게 됩니다. 풍자 소설은 엄숙하지도 진지하지도 않지만, 그렇다고 그 예술적 가치마저 하찮은 것은 아닙니다. 오히려 부담 없이 웃다가 보면 새롭게 세상을 보는 안목을 키울 수도 있습니다. 이것이 풍자 소설의 가치이고 묘미입니다.

다양한 풍자 소설들

연암 박지원의 《양반전》, 《허생전》, 《호질》

연암 박지원(燕巖 朴趾源, 1737~1805)은 18세기에 살았던 실학자입니다. 44세 때인 1780년 청나라에 다녀와서 쓴 《열하일기》가 유명한데, 이 책에서 청나라의 선진 문물을 배우자고 주장하였습니다. 이러한 실용적인 관점에서 조선의 여러 제도를 비판하는 풍자 소설을 많이 썼습니다.

《양반전》

가난한 양반이 나라에서 쌀을 빌려 먹고 갚지 못해 감옥에 갈 것 같자, 양반 신분을 부자인 상민에게 팔면서 벌어지는 일을 그렸다. 양반이란 제 앞가림도 못하고, 백성을 착취하는 도둑과 같은 존재라고 풍자한다.

《허생전》

가난한 선비 허생이 아내의 타박을 못 이겨 장사를 시작하면서 벌어지는 일을 그렸다. 조선의 폐쇄적인 경제 제도와 명분만 내세운 정치와 군사 분야를 비판한다.

《호질》

북곽 선생이라는 선비가 과부와 몰래 사귀다 과부의 아들들에게 들켜 도망을 치다가 그만 들판의 똥구덩이에 빠졌다. 호랑이가 이를 발견하고는 세상에 더러운 게 선비라면서 선비의 위선을 꾸짖는다.

판소리계 소설 《옹고집전》, 《흥부전》

판소리에서 유래한 풍자 소설들은 연암 박지원의 소설들보다 훨씬 재미있습니다. 아무래도 한문 소설보다는 사람들의 입에 오르내리며 내용이 가다듬어진 판소리계 소설이 더 해학이 넘치는 것 같습니다.

《옹고집전》

옹고집이라는 부자가 어머니께 불효를 하고, 스님을 학대하다가 지푸라기로 만든 가짜 옹고집이 나타나면서 된통 고생하는 이야기. 조선 후기에 상업이 발달하고 농사 기술이 발전하면서 나타난, 신분은 낮지만 부자가 된 사람들을 풍자한다.

《흥부전》

품격 없는 부자 놀부와 가난하지만 착한 아우 흥부. 탐욕스러운 놀부가 박을 타면서 망신을 당하는 것도 풍자지만, 가난한 흥부가 앞가림도 못하면서 양반 체통을 지키느라 애쓰는 모습도 웃음거리다. 조선 후기의 신분 변동과 경제적 변화를 흥미롭게 담아 낸 빼어난 풍자 소설이다.

춘풍이가 추월이를 만났으니

한편 객사 앞편에는 추월이라는 유명한 기생이 살고 있었다. 추월이는 얼굴 이쁘기로는 평양에서 둘째가라면 서러워할 기생이었는데, 노래는 물론이거니와 사람 홀려서 돈 빼먹기로도 평양에서 으뜸이었다. 그래도 추월이 얼굴 한번 보려고 조선 팔도의 한량들이 봄여름 가리지 않고 찾아와서 물 쓰듯이 돈을 쓰고 가곤 하였다.

춘풍이가 객사에 숙소를 정하던 날, 장사하려고 돈을 싸 들고 왔다는 춘풍이의 소문이 벌써 평양 성내에 쫙악 퍼졌다. 추월이는 소문의 주인공인 춘풍이라는 웬 허랑방탕한 놈이 마침 자기네 집 뒤편 객사에 묵고 있다는 소식을 듣고 돈

을 빼먹으려고 작정을 하였
다. 그래서 춘풍이가 온 뒤
로 이제나저제나 언제쯤 춘풍이
가 자기네 집 앞을 지나갈까 기다리며 망을 보고 있던
참이었는데, 드디어 춘풍이가 아침 먹고 햇볕 따뜻해질 무렵 골목길
을 나서는 것을 알게 되었다. 추월이는 넌지시 춘풍이를 홀리려고 집
앞 시냇가 쪽으로 난 창문을 반쯤 열고 부드럽게 떨어지는 봄 햇살을
받으면서 앉아 있었다. 녹의홍상을 곱게 차려입고 얼굴에는 약간 수
심이 서린 듯이 그러면서도 조금은 교태롭게 앉아 있으니, 드디어 지
나가던 춘풍이가 이 모습을 보고야 말았다.

  춘풍이가 골목길에서 어떤 집을 쳐다보니 젊은 여자가 창가에 앉
아 있는데, 얼굴이 마치 맑은 하늘에 뜬 하얀 달과 같았다. 태도를 볼
작시면 아침 이슬을 머금고 반쯤만 핀 모란꽃과 같고, 맵시를 볼작시
면 그늘 속에 호리호리하게 서 있는 해당화와 같았다. 어찌 보면 빨간
앵두와 같고, 또 어찌 보면 깊은 산속에 뜬 반달이 맑은 강에 비치는
것만 같았다. 서시가 다시 살아온 것 같고, 양 귀비가 다시 돌아온 것

---

* 서시(西施) 중국 춘추 시대에 살았던 월나라의 미녀.
* 양 귀비(楊貴妃) 중국 당나라 때의 미녀.

같았다. 창가에 홀로 앉았던 여인이 작은 누각으로 옮겨 가더니 오동 나무 거문고를 무릎 위에 얹어 놓고 '둥흥동 동지동탕' 근심 어린 낯빛으로 거문고를 뜯기 시작하였다. 이 소리에 춘풍의 몸과 마음이 황홀하여 미칠 것만 같았다. 춘풍이가 본래 계집이라면 화약을 지고 모닥불에도 들어가던 한량이었는데, 몇 년을 집에서 아내가 차려 주는 밥과 술만 먹다가 이렇듯이 다시 예쁜 여자를 보니 몸이 사르르 녹아내리는 것만 같았다. 춘풍이는 자기도 모르게 이미 발걸음을 추월이네 집으로 옮기고 있었다.

춘풍이가 오는 양을 얼른 보고 추월이가 속으로, '아이쿠, 걸렸구나.' 외치면서 누각에서 내려왔다. 누각 앞에서 멈칫거리는 춘풍이에게 추월이가 다가가 도포 자락을 잡고 함께 난간으로 올라서니, 아, 집치레도 황홀하구나. 사면을 팔작지붕으로 에워싸니 집이 입 구(口) 자로 생겼는데, 대문이 높고 정원을 지나면 중문이 또 있구나. 완자창에 가로닫이 문에는 국화를 새겨 놓았고, 벽마다 그림을 걸어 놓았다. 동쪽 벽에는 도연명이 팽택 현감을 마다하고 가을 강에 배를 띄워 맑은 바람과 밝은 달빛을 맞으며 심양으로 향하는 풍경이 그려져 있고, 서쪽 벽에는 삼국이 요란할 적에 유현덕이 적토마를 바삐 몰아 남양 땅에 사는 와룡 선생을 보려고 눈보라를 뚫고 가는 모습이 그려져 있고, 남쪽 벽에는 강태공이 나이 팔십이 다 되어서 위수 강가에서 삿갓을 쓰고 주나라 문왕을 기다리며 세월을 낚는 모습이 그려져 있고, 북쪽 벽에는 육관 대사의 제자 성진이가 봄바람 부는 날에 돌다리에서 팔선녀를 만나 희롱하는 모습이 그려져 있구나.

춘풍이가 추월이의 손에 이끌려 방 안으로 들어가니, 방치레도 화려하다. 각장 장판, 소란 반자, 국화 새긴 완자창, 산수 병풍, 운무 병풍에 미인도가 아름답다. 묵화로 대나무를 쳐서 벽장 문에 붙여 두고, 원앙금침, 잣베개를 자리장에 개어 놓았다. 놋촛대, 광명두가 여기저기 놓여 있고, 요강, 타구, 재떨이며 청동화로, 수박 화로, 삼층들이 화류장을 드문듬성 벌여 놓았다. 책상의 잉어 새긴 벼루에서는 잉어가 지느러미를 휘돌아 쳐 당장에라도 뛰어오를 것만 같은데, 묵향과 추월이의 노리개에서 나는 사향이 섞이니 춘풍이가 정신이 아찔하였다.

- **팔작지붕** 여덟 팔(八) 자 모양으로 생긴 지붕.
- **완자창** 창살이 '卍' 자 모양으로 된 창.
- **도연명(陶淵明)** 중국 송나라 때의 시인. 전원 생활을 동경하여 벼슬을 버리고 시골에 가서 농사를 짓고 살다가 죽었다.
- **유현덕(柳玄德)** 중국 촉한의 황제. 소설 《삼국지연의》에서 관우, 장비와 도원결의를 했다. 제갈량을 책사로 맞이하기 위해 세 번이나 방문하였던 일에서 '삼고초려'라는 말이 생겼다.
- **와룡 선생(臥龍先生)** 중국 촉한의 승상이었던 제갈량의 호칭. 제갈량은 유비를 도와 촉한을 세웠다.
- **강태공(姜太公)** 중국 주나라 초기의 정치가 강상을 높여 부르는 이름. 강태공은 위수 강가에서 낚시를 하며 때를 기다렸는데, 나이 일흔이 넘어서야 주나라 문왕을 만나 재상이 되었다.
- **성진** 김만중이 지은 소설 〈구운몽〉의 주인공. 불도를 닦다가 팔선녀를 만나 세속적인 욕망을 품게 된다.
- **각장(角壯)** 보통 것보다 폭이 넓고 두꺼운 장판지.
- **소란 반자** 나무를 가늘게 오려 천장에 돌려 붙여서 천장을 평평하게 만들어 놓은 시설.
- **잣베개** 여러 빛깔의 헝겊을 고깔 모양으로 조그맣게 접어서 양쪽 면에 돌려 가며 꿰매 붙이고, 다시 안쪽으로 꿰매 붙여 잣 모양처럼 꾸민 베개.
- **광명두** 나무나 무쇠, 놋쇠 따위로 만든 등잔걸이.
- **타구(唾具)** 가래나 침을 뱉는 그릇.
- **수박 화로** 수박 모양의 화로.
- **화류장(樺榴欌)** 자단나무로 만든 장롱.

추월이가 춘풍이를 영접하느라고 은근한 눈짓을 보내면서 아리땁고 고운 태도로 앉았구나. 팔(八) 자로 그려 놓은 두 눈썹엔 살짝 엷은 화장으로 멋을 내고, 삼단 같은 머리는 휘휘슬슬 흘려 빗어 봉황을 새겨 놓은 금비녀로 단장하였다. 옷치레 볼작시면 더더욱 화려하다. 백방사 수화주 고장바지, 무명 주단 단속곳, 세백 수화주 너른바지, 통명주 깨끼적삼, 남대단 홑단치마 잔살 잡아 떨쳐입고! 노리개는 허투루 했을까? 이궁전 인물향과 밀화불수 금도끼를 줄룩줄룩 얽어 차고 백주 화주 겹버선에 도리불숙 당혜 날 출(出) 자로 제법 신고, 빨간 입술에 하얀 이를 살짝 드러내며 웃는 모습은 봄바람에 복숭아꽃, 오얏꽃 핀 사이로 반만 핀 붉은 연꽃과 같았다.

가늘고 섬세한 손가락으로 전라도 진안에서 나는 향기로운 담뱃잎을 설설 훔치다가 얼른 담뱃대에 담아 청동화로 백탄 숯불에 불 붙여서 춘풍이 앞에 갖다 놓으니, 담배 냄새가 진동하는구나. 춘풍이가 황공하여 담뱃대를 공손히 받아 물고 말하였다.

"나도 서울에서 나고 자라면서 온갖 기생집을 다 다녀 보았지만 이런 대접은 난생 처음이네. 내가 평양에 장사하러 왔다가 객사에서 적막하게 지냈는데, 어쩌다가 자네와 인연이 되었는지 모르겠네그려."

추월이가 이 말을 듣더니 소리가 나는 듯 마는 듯 살짝 웃고는 여쭈었다.

"서울서 여기까지 먼 길에 평안히 오셨습니까. 뒷집에 묵으신다는 말씀을 듣고 이제나 오시나 저제나 오시나 기다렸는데, 어찌 그리도 더디게 오십니까?"

은쟁반에 옥 굴러가는 듯한 추월이의 말소리에 춘풍이가 사르르 녹
아내렸다. 추월이가 춘풍이를 보며 생긋하더니 두말 다시 하지 않고
술상을 차려 오라고 분부를 하였다. 추월이네 집에서 술상을 차려 오
는데, 춘풍이를 벗겨 먹으려고 아주 휘황찬란한 술상을 차려 오는 것
이었다. 국화를 새긴 통영 소반에 주전자를 들여 놓고, 조로록 엮은
홍합, 생선찜, 다섯 가지 색깔로 물들인 사탕, 귤병, 윤기가 반지르르
한 빨간 대추, 반달 같은 계피떡, 먹기 좋은 꿀떡과 보기 좋고 맛도 좋
은 화전에 찹쌀가루를 반죽하여 모나게 모양내어 지진 산승을 곁들
였다. 그 옆에는 꺽꺽 우는 꿩고기, 또 그 옆에는 뽀얀 살에서 김이 모

◦ **백방사(白紡絲)** 흰 누에고치에서 켜낸 실만으로 짠 명주.

◦ **수화주(水禾紬)** 품질이 좋은 비단의 한 가지.

◦ **고장바지** '고쟁이'의 방언. 고쟁이는 속속곳 위, 단속곳 밑에 입는 여자 속옷의 하나.

◦ **무명** 무명실로 짠 평직물.

◦ **주단(綢緞)** 품질이 썩 좋은 비단.

◦ **단속곳** 여자의 한복 차림에서, 치마 안에 입는 속옷의 하나. 양 가랑이가 넓고 밑이 막혀 있다.

◦ **세백** '세백목(細白木)'의 줄임말. 올이 가늘고 고운 무명.

◦ **너른바지** 여자의 한복 차림에서, 치마 안에 입는 속옷의 하나. 모양은 단속곳과 같으나 밑이 막혀 있지 않다.

◦ **깨끼적삼** 시접 없이 가는 솔기의 선만 나타나도록 만든 적삼.

◦ **홑단치마** 한 겹의 옷단으로 지은 치마.

◦ **이궁전 인물향** 노리개에 넣던 향.

◦ **밀화불수(蜜花佛手)** 호박으로 만든 부처님 손 모양의 노리개.

◦ **백주(白紬)** 흰 빛깔의 명주.

◦ **화주(禾紬)** 흰 빛깔의 비단.

◦ **당혜(唐鞋)** 가죽신의 하나. 울이 깊고 코가 작으며 앞코와 뒤꿈치 부분에 덩굴 무늬를 새겨 붙였다.

◦ **귤병** 꿀이나 설탕에 졸인 귤.

◦ **화전(花煎)** 진달래 따위 꽃잎을 부친 부꾸미.

◦ **산승** 찹쌀가루를 반죽하여 얇게 밀어서 둥글게 만든 다음 기름에 지진 떡.

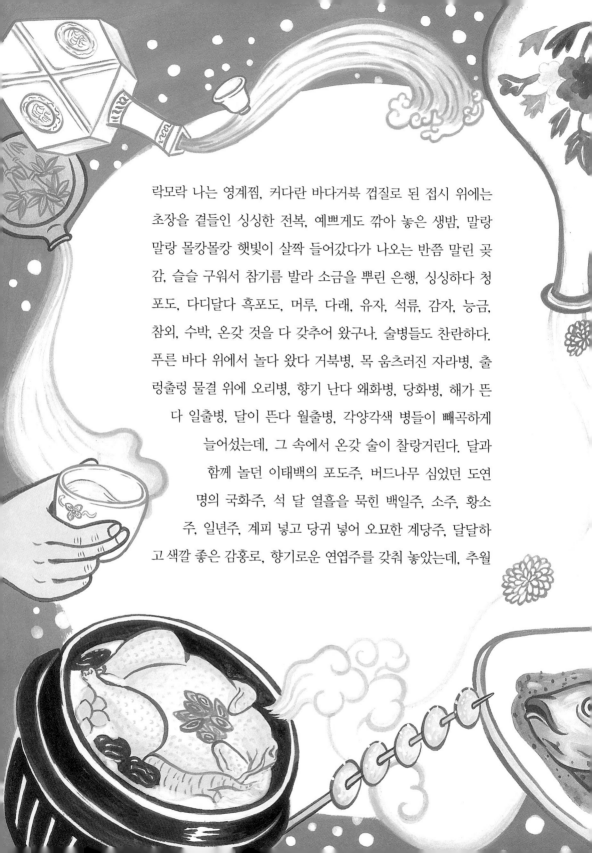

락모락 나는 영계찜, 커다란 바다거북 껍질로 된 접시 위에는
초장을 곁들인 싱싱한 전복, 예쁘게도 깎아 놓은 생밤, 말랑
말랑 몰캉몰캉 햇빛이 살짝 들어갔다가 나오는 반쯤 말린 곶
감, 슬슬 구워서 참기름 발라 소금을 뿌린 은행, 싱싱하다 청
포도, 다디달다 흑포도, 머루, 다래, 유자, 석류, 감자, 능금,
참외, 수박, 온갖 것을 다 갖추어 왔구나. 술병들도 찬란하다.
푸른 바다 위에서 놀다 왔다 거북병, 목 움츠러진 자라병, 출
렁출렁 물결 위에 오리병, 향기 난다 왜화병, 당화병, 해가 뜬
다 일출병, 달이 뜬다 월출병, 각양각색 병들이 빼곡하게
늘어섰는데, 그 속에서 온갖 술이 찰랑거린다. 달과
함께 놀던 이태백의 포도주, 버드나무 심었던 도연
명의 국화주, 석 달 열흘을 묵힌 백일주, 소주, 황소
주, 일년주, 계피 넣고 당귀 넣어 오묘한 계당주, 달달하
고 색깔 좋은 감홍로, 향기로운 연엽주를 갖춰 놓았는데, 추월

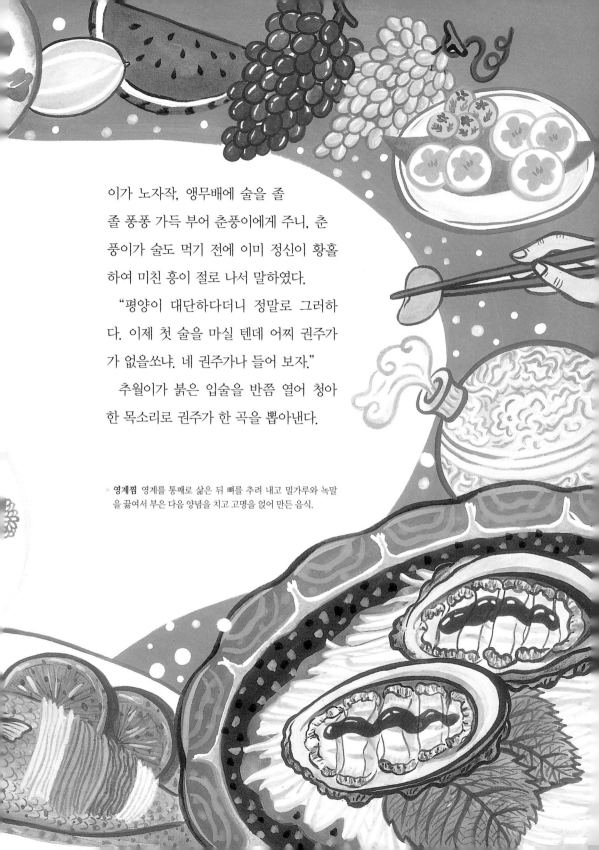

이가 노자작, 앵무배에 술을 졸
졸 풍풍 가득 부어 춘풍이에게 주니, 춘
풍이가 술도 먹기 전에 이미 정신이 황홀
하여 미친 흥이 절로 나서 말하였다.

"평양이 대단하다더니 정말로 그러하
다. 이제 첫 술을 마실 텐데 어찌 권주가
가 없을쏘냐. 네 권주가나 들어 보자."

추월이가 붉은 입술을 반쯤 열어 청아
한 목소리로 권주가 한 곡을 뽑아낸다.

● **영계찜** 영계를 통째로 삶은 뒤 뼈를 추려 내고 밀가루와 녹말
을 끓여서 부은 다음 양념을 치고 고명을 얹어 만든 음식.

"잡수시오, 잡수시오, 이 술 한 잔 잡수시오. 백 년 삼만 육천 일을 살아도 근심과 기쁨으로 나누어 보면 좋은 날은 백 일도 못 될지니, 권할 적에 잡수시오. 우리 인생은 백 년도 못 사나니, 아니 놀고 어이할까. 이 술이 술이 아니라 한나라 무제께서 승로반에 받은 이슬이오니, 쓰거나 달거나 잡수시오. 잠시 왔다가도 아침 햇살에 사라져 버리는 이슬처럼 덧없이 돌아가야 하는 우리 인생, 한번 돌아가면 뉘와 함께 먹으리오, 살았을 제 드십시다."

춘풍이가 술을 받아 먹고 흥에 겨워 노는구나.

"내 이름은 춘풍이고 네 이름은 추월이니, 봄과 가을이 만났구나. 우리 함께 놀아 보자."

추월이가 대답한다.

"오얏꽃은 희고 복숭아꽃은 붉고 버들가지는 푸르른 봄날의 춘풍도 좋지만, 이슬은 희고 바람은 맑고 국화는 노란 가을날의 추월이 밝았으니, 이런 때의 춘풍이 더욱 좋지요. 진실로 봄바람 부는 춘풍과 가을 달 비치는 추월이가 만났으니 한번 놀아 볼까요?"

춘풍이가 흥에 겨워서 추월이를 두고 시를 짓기 시작하였다.

"평양성에 뜬 저 반달은, 어쩌다가 여기까지 비추나. 한양성에서 보던 달은 크든 작든 둥글든 가늘든, 이월 삼월뿐이었다네. 이제 여기 평양성에서 바람은 푸르고 달은 밝은데, 나는 춘풍이고 너는 추월이니, 춘풍이가 드디어 배필을 만났구나. 세상천지가 변하여도 우리의 춘풍 추월이야 변할쏘냐."

추월이가 좋아라고 말하였다.

"서방님이 달 월(月) 자로 시를 지었으니 나는 바람 풍(風) 자로 짓지요. 평양성에서 서북풍이 불 적에 한양성에서는 무슨 바람이 불었을까. 나무들 사이로 풀 냄새 피는 바람, 산골짝 사이로 물 냄새 피는 바람, 삼월에는 꽃 소식 전하는 바람, 동지섣달에는 차가운 눈보라. 이제는 모든 바람 다 버리고 추월 아래 춘풍만 부네. 추월, 춘풍 배필 되면 대동강이 마르도록 추월이야 변할쏜가. 좋을시고 좋을시고. 달 밝고 바람 맑은 깊은 밤에 우리 둘이 만났는데, 애틋하고 알뜰한 마음이야 그 누가 알리오. 꽃을 찾은 벌과 나비의 심사야 우리 둘만 알지요."

이렇듯이 추월이가 살살 비위를 맞추며 춘풍이를 대접하니, 춘풍이가 마치 호기로운 사내라도 된 것처럼 기세 좋게 술을 마셨다.

그리하여 이날부터 허랑한 춘풍이는 장사에는 뜻이 없고 오직 추월이와 술 먹고 노는 데에 이천오백 냥을 마음대로 쓰는구나. 어제 먹은 술이 채 깨기도 전에 추월이의 고운 노랫소리를 듣고, 간드러지는 춤을 보면서 다시 술을 마시는데, 추월이는 춘풍이의 돈을 홀리려고 교태를 부리며 말을 하였다.

"초록 저고릿감으로 도리 불수 능라단을 날 사 주오. 은죽절, 금봉채 갖은 노리개 날 해 주오. 도리 소반, 주전자, 화로, 양푼, 대야 날

* **불수 능라단(佛手 綾羅緞)** 부처님 손 모양이 그려진 비단 옷감.
* **은죽절(銀竹節)** 은으로 만든 대나무 모양의 작은 칼.
* **금봉채(金鳳釵)** 금으로 만든 봉황 모양의 비녀.
* **도리 소반** 상판이 둥근 작은 상.

사 주오. 동래 반상, 안성 유기 구첩 반상 날 사 주오. 요강,
타구, 냄비, 백통대, 수복 담뱃대 날 사 주오. 연안 백천에서
나는 윤기 좌르르 최고급 쌀, 밥해 먹게 날 팔아 주오."

　온갖 것들을 사 달라고 졸라 대니 허랑한 춘풍이는 의기양

* **동래 반상** 동래 지방에서 생산되는 밥상.
* **안성 유기** 안성 지방에서 생산되는 놋그릇. '안성맞춤'이라는 말이 나올 정도로 잘 만들었다.
* **구첩 반상** 아홉 가지 반찬을 차린 밥상. 반상은 밥과 국, 김치를 기본으로 놓은 상차림이다. 여기에 더하는
　반찬 수에 따라 삼첩, 오첩, 칠첩 등의 이름을 붙인다. 원래 구첩 반상은 왕가에서만 차렸다.
* **백통대** 대통과 물부리를 구리와 니켈의 합금으로 만들어 흰색을 띤 담뱃대.
* **수복(壽福) 담뱃대** 장수를 뜻하는 수(壽) 자와 복을 뜻하는 복(福) 자를 새긴 담뱃대.

양해서 조금도 사양하지 않고 있는 대로 사 주었다.

　수천 냥 돈을 달라는 때마다 내주니, 대동강 푸른 물도 아닌데 그렇게 퍼 낼 적에 견딜 수가 있겠는가. 일 년도 채 못 가서 춘풍이의 돈주머니가 비었다. 철없는 춘풍이는 그래도 아무런 걱정도 하지 않고 먹는 것이며 입는 것을 모조리 추월이가 하자는 대로 하고 있었다. 그렇게 배부르게 자빠져 지내고 있었으니 추월이의 간교한 계획을 조금도 몰랐던 것이었다.

　추월이가 차차 헤아려 보니 이제 춘풍이의 돈주머니가 텅 비었다. 눈치를 챈 추월이가 얼굴을 싹 바꾸고 춘풍이를 내치는구나. 하루는 춘풍이가 밥상을 받아 보니, 그사이 먹던 것과는 완전히 딴판이었다. 흰쌀은 한 톨도 없고 꽁보리밥이 올라왔다. 춘풍이가 속으로, '아차차, 뭔가 잘못되었구나.' 놀라서 추월이를 찾아갔다.

예전 같으면 추월이 있는 집채로 가기가 무섭게 추월이가 방문을 덜컥 열고 버선발로 뛰어나왔는데, 이제는 아예 사람이 없는 듯 문이 꼭 닫혔다. 춘풍이가 왠지 주눅이 들어서 추월이 방에는 들어가지도 못하고 우선 밖에서 이름을 불러 봤다.

"추월아, 추월아."

아무 대답이 없다. 너무 소리가 작아서 안 들리나? 조금 용기를 냈다. 허리를 꼿꼿이 펴고 어깨를 움찔움찔하며 기운을 추스르고 다시 이름을 불렀다.

"추월……."

채 이름을 다 부르기도 전에 갑자기 방문이 덜컥 열리며 추월이가 얼굴을 내밀었다. 눈꼬리를 홱 치켜세우며 추월이가 소리를 질렀다.

"꼴도 보기 싫다, 썩 나가거라!"

고함 소리와 함께 방문이 다시 덜컥 닫히는구나. 춘풍이가 어안이 벙벙하여 이러지도 못하고 저러지도 못하고 그냥 그렇게 꾸어다 놓은 보릿자루 모양으로 서 있으려니까 다시 방문이 열리더니 추월이가 거만한 눈빛으로 내려다보며 말을 한다.

"어디로 가려시오? 노자가 부족하면 이거라도 보태시오."

몇 푼 되는 돈을 추월이가 휙 던져 주니, 그제서야 춘풍이가 정신이 들면서 분한 마음이 폭발하였다.

"아니, 추월아! 이것이 웬일이냐? 우리 둘이 처음 만나서 원앙금침 마주 누워서 서로 헤어지지 말자고 태산같이 맹세하고 대동강이 마르도록 떠나지 말자고 언약하였는데, 이제 그 맹세는 농담이더란 말이

냐? 네가 정녕 제정신이냐?"

추월이가 이 말을 듣더니 안 그래도 냉랭한 얼굴이었는데 아주 어이가 없는 표정으로 바뀌었다. 추월이가 기가 막힌 듯이 말을 하였다.

"이 사람아, 내 말을 들어 보소. 기생집 사정을 여태까지 몰랐단 말이오? 돈 있으면 술 먹고 대접을 받다가도 돈 떨어지면 쫓겨나는 것이 당연하지. 나야 평양 기생 추월이니, 아무라도 돈 있으면 그것이 새 서방이지. 무슨 맹세가 어쩌고 어째? 어허, 자네 돈은 나 혼자 먹었나? 다 자네가 술 먹었지! 잔말 말고 어서 가게."

이같이 구박하며 문을 쾅 닫아 버렸다. 춘풍이가 닫힌 문을 바라보니 얼떨떨하기도 하고 분한 마음이 들기도 하였다. 또 한편으로는 이런저런 생각이 들면서 자기 신세가 한심하고도 가련하였다.

'집으로 가자 하니 무슨 면목으로 저 대동강을 건너갈 것인가? 아내보기도 부끄럽고 또한 호조에서 빌린 나랏돈 이천 냥을 한 푼도 갚지 못하면 옥에 갇혀서 매를 맞다가 속절없이 죽게 될 것이니 서울로는 못 가겠다. 평양성에 걸인이 되어 이 집 저 집 빌어먹으면 보는 사람마다 꾸짖을 테니 차마 그것도 못하겠고, 아무 데라도 멀리 떠나자 하니 노자 한 푼 없어서 그것도 못하겠다. 이를 장차 어찌하리.

이럴 줄을 왜 몰랐던가. 후회가 막심하다. 대동강 깊은 물에 풍덩 빠져 죽자 하니 그것도 차마 못 하겠다. 우리 부모 나를 낳아 기를 적에 귀하고도 곱게 길러, 하고 싶은 것 먹고 싶은 것 입고 싶은 것은 거칠 것이 없었는데, 이제는 동냥아치가 되기도 어렵네. 답답한 이 일을 어찌하면 좋단 말이냐. 못난 나를 입히고 먹이며 즐겁게 해 주던 우리

마누라를 다시 어찌 본단 말인가? 이제 나는 갈 곳이 없네. 어디로 가잔 말인가.'

춘풍이가 이리저리 생각해도 자기 신세가 처량하고 아무 데도 갈 곳이 없었다. 고민 끝에 다시 추월이를 부르는구나.

"추월아, 추월아, 내 말 잠깐 들어 보아라."

방에 있던 추월이가 목소리를 들어 보니 아까와는 딴판이거든, 그래 느시렁거리며 다시 얼굴을 내밀었다.

"아니, 가라는 사람이 여태 안 갔네. 아직도 내게 무슨 할 말이 남았는가?"

"추월아, 사람을 그리 괄시하지 말아 다오. 우리 조선이 인정이 넘치는 나라가 아니더냐. 어찌 그렇게 박절하게 군단 말이냐. 날 살려 다오. 응, 날 살려 줘. 내가 자네 집에 도로 있으면서 물도 긷고 불도 땔 터이니 나를 심부름꾼으로 부리면 어떻겠느냐?"

추월이 거동 보소. 이 말을 듣더니 얼굴을 비스듬히 돌리면서 눈을 살짝 흘기면서 대답을 한다.

"여보시오, 이 사람아. 자네가 아직도 정신을 못 차리고 나한테 텅텅 말을 놓고 있네. 그런 식으로 말할 것 같으면 그만 나가게."

춘풍이가 이 소리를 들으니 갑자기 말문이 턱 막히었다. 그러더니 자기도 모르게 허리가 저절로 쑥 굽혀지면서 입으로는, '아이고, 아가씨, 고맙습니다요.' 소리가 저절로 나오는 것이었다. 이렇게 춘풍이가 추월이더러 존대를 하면서 이날부터는 추월이네 집 심부름꾼으로 살게 되었다.

그럭저럭 춘풍이가 지낼 적에 입던 옷은 어디 가고 때가 절고 여기 저기 기운 누더기를 걸치고서 이리저리 다니는데, 그 모습만으로 보면 영락없는 종로의 상거지였다. 아침저녁으로 밥 먹는 거동을 보면, 이 빠진 헌 사발에 누런 밥을 담아서 다른 반찬도 없이 겨우 된장 한 수 저로 끼니를 때웠다. 어떤 때는 수저도 없이 뜰아래나 부엌에서 허기 를 채웠다. 춘풍이가 제 신세를 생각하니 목이 메어서 밥이 넘어가지 를 않았다.

밤낮으로 평양성의 한량들은 청산에 구름 모이듯, 꽃밭에 벌, 나 비가 날아들듯 추월의 집으로 몰려와서 온갖 희롱을 다 하면서 좋은 술, 별별 안주를 먹고 마시었다. 술잔과 접시 들이 상 위에 널부러지 고 기생들의 노랫소리에 한량들이 '얼씨구절씨구' 흥을 맞추면서 한창 노닐 적에, 춘풍이는 뜰아래에서 방 안을 엿보니 그 좋은 안주 덕에 눈에는 풍년이 들었지만 입에는 침만 고이고 흉년이었다. 춘풍이가 음 식을 뚫어져라 쳐다보다가 자기 신세를 생각하고 무심결에 슬픈 노래 가 절로 나왔다.

"세상일이 가소롭다. 나도 한양성의 장부로 지내면서 한량, 왈짜 들 벗을 삼아 아리따운 기생 찾아 수만금을 허비하다가, 어쩌다가 이 먼 시골에 와서 이 집 주인과 살아서는 이별하지 말자 약속을 하고 이 지경이 되었 을꼬. 세상일이 가소롭도다."
이때는 한겨울이라, 해는 서산에 지고 바람은 솔솔 불고 달빛은 조용하니 측은한 마음이 더욱 일어났다.

"울고 가는 저 기럭아, 내 마음을 들어 보고 내 고향에 전해 다오. 우리 처자 그리워라, 나를 그리다가 죽었는가 살았는가. 이리저리 생각하니 대장부 일촌간장이 봄눈 녹듯 하는구나. 애고애고, 내 신세야."

춘풍이가 신세 한탄 끝에 전에 부르던 〈매화 타령〉을 이어 부르는구나.

"매화야, 옛 등걸에 봄철이 돌아온다. 피엄즉도 하다마는 백설이 분분하니 피지 말자. 어화, 세상일이 가소롭다."

이때 추월의 방에서 놀던 한량들이 이 노래를 듣고 말하였다.

"아니, 웬 머슴 녀석 노랫소리가 참 처량하다. 무슨 사연이 있는가?"

추월이가 괜히 술자리 분위기가 나빠질까 봐 대꾸하였다.

"우리 집에서 사환 노릇하는 춘풍이라는 녀석인데, 원래는 서울 살던 놈이라 고향 생각이 나는가 봅니다. 신경 쓰지 마십시오."

한량들이 이 말을 듣더니 더욱 가련한 생각이 들었다.

"서울 산다 하니 불쌍하다. 여봐라, 너 이리 와서 술 한 잔 받거라."

안 그래도 추운 데서 배를 곯던 춘풍이가 술 한 잔을 얻어먹게 된다니 냉큼 방으로 올라왔다. 한 한량이 술 한 잔을 가득 부어 주니, 춘풍이가 공손히 받아 들고 마셨다. 오랜만에 얻어먹는 술이라 그 맛이 이루 말을 할 수 없으면서도 신세가 참 처량하였다.

일촌간장(一寸肝腸) '한 토막의 간과 창자'라는 뜻으로, 애달프거나 애가 타는 마음을 이르는 말.

예술 작품 속 한량들을 만나다

부모가 돌아가시자 어려서부터 하고 싶은 대로 하며 살던 이춘풍에게는 아무도 훈계할 사람이 없었습니다. 집안에 재산은 많고 할 일은 없고, 한량 생활을 하던 이춘풍은 결국 재산을 모두 날리게 되었지요. 한량의 허랑방탕한 생활에서 우리가 배울 점이 있는 것은 아니지만, 그들의 삶 또한 우리 선조들이 누렸던 문화의 일부분이었습니다.

조선 시대 한양 유흥가의 꽃, 한량

오늘날에 '한량(閑良)'은 '돈 잘 쓰고 잘 노는 사람'을 이르는 말입니다. 조선 후기에도 한량이란 유흥가를 중심으로 돈 잘 쓰고 잘 노는 사람이었습니다. 한량의 신분은 주로 무과에 급제한 하급 관리나 재산에 여유가 있는 중인, 평민 등이 대부분이었습니다. 또한 별감(別監)처럼 궁에서 근무하는 사람도 있었지만, 대부분은 특별한 소속이 없었습니다. 한량을 가리켜 왈짜, 왈패라고도 했는데, 이처럼 한량은 말과 행동이 단정하지 못하고 우악스럽게 흥청거리는 삶을 살았습니다.

예술 작품에 등장하는 한량

판소리 〈무숙이 타령〉, 소설 《이춘풍전》, 가사 〈한양가〉, 그리고 신윤복의 여러 풍속도에서 한량의 존재는 두드러집니다. 《춘향전》에서 춘향이가 매를 맞고 아파할 때에 우르르 달려들어 약을 먹이고 변 사또를 욕하던 사람들이 바로 한량들이었습니다. 춘향이는 기생이었고, 한량은 기생의 단짝이었으니 그럴듯한 상황이지요. 《흥부전》에서도 왈짜들이 등장합니다. 놀부가 박을 탈 때 몰려 나와 술상을 내놓으라고 행패를 부리는 사람들입니다. 왁자지껄하고 제멋대로인 왈짜들이 놀부를 벌하는 데에 동원된 것이지요. 이처럼 한량이 예술 작품에 등장하게 된 것은 그만큼 조선 후기에 상업이 번창하고 인간의 욕망과 일상생활을 바라보는 관점이 보다 너그러워졌기 때문이지요. 이를 통해 우리는 조선 후기 사회가 유교 이념에 꽉 묶인 경직된 상태에서 점차 변하고 있었음을 확인할 수 있습니다.

이 그림은 선술집에서 술을 마시고 있는 한량들의 모습을 담았습니다. 산과 강을 그린 산수화나 신분이 높은 사람들의 모습을 담아낸 초상화와 달리, 보잘것없는 한량들이 술집에서 술 마시고 노는 모습을 그렸다는 것은 파격이었습니다. 아름다움을 상상 속의 자연 풍경이나 고귀한 존재들이 아니라 별볼일없는 일상에서 찾았던 것이지요.

〈주사거배〉, 신윤복, 간송미술관 소장.

❶ 화제(畵題), 그림 감상의 길잡이가 되는 부분. "술잔을 들어 하얀 달을 맞이하나니, 부엌의 단지들도 맑은 바람을 대하네."
❷ 술집에서 심부름도 하고 이런저런 허드렛일을 했던 중노미. 주요 업무 중 하나가 손님들이 술을 몇 잔이나 마셨는지 세는 일이다. 바쁜 술집에서 주모가 술을 따라 주다 보면 누가 몇 잔을 마셨는지 잊기 때문!
❸ 이 주모는 머리를 풍성하게 보이려고 가채를 했고, 짧은 저고리를 입어서 가리개용 허리띠를 맸다. 소매의 파란색 끝동과 파란 치마가 매우 잘 어울리는데, 파란색 끝동은 아들을 낳은 여자만 할 수 있는 것이었다.
❹ 궁에서 자물쇠나 벼루 등을 관리하거나 왕실 호위를 담당하였던 별감. 신분은 높지 않았지만, 무예에 능하고 궁궐에서 근무하여 위세가 대단하였고, 이를 바탕으로 유흥가를 관리하는 일을 하였다. 붉은 철릭에 노란 초립이 별감 특유의 옷차림이었다.
❺ 의금부, 병조, 사헌부 등에 소속된 하급 관리 나장. 죄인을 취조하고 매를 때리는 일을 하였다. 별감과 더불어 조선 후기 유흥가를 주름잡았다. 깔때기 모자와 까치등거리 옷이 나장 특유의 옷차림.

춘풍 아내도 평양에 갔는데

각설, 이때 춘풍의 아내는 가장을 이별하고 여러 가지 생각이 나서 밤 낮으로 춘풍이가 무사히 돌아오기만을 빌고 있었다. 그런데 오라는 춘풍이는 아니 오고 바람결에 들리는 말이, 서울 사는 이춘풍이라는 사람이 평양으로 장사를 갔다가 추월이라는 기생에게 홀려서 수만금 재산을 다 날리고 이제는 기생집에서 심부름꾼 노릇을 한다는 것이었 다. 춘풍의 아내가 이 말을 듣고 가슴을 두드리며 통곡하여 말하였다.

"애고애고, 이것이 웬 말인고. 슬프다, 평양 가서 장사하신다던 우 리 가장, 어이 그리 허랑한고. 남들은 재산 말아먹는 것이 한 번도 어 렵다는데, 어찌하여 우리 가장은 기생집에서 나랏돈까지 날린단 말이 냐. 애고, 답답하여라. 나는 누구를 보고 살거나? 전생에 무슨 죄를 지었기에 여자로 태어나서 저렇게 분별없는 가장을 만나 이렇게 고생을 한단 말이냐. 애고애고, 서러워라. 박명한 이내 팔자 도망하기도 어려워라. 죽기도 어렵지만 살기는 더 어렵네."

이렇게 한바탕 울고 나니 이제는 오히려 철없는 남편보다 남편을 홀려서 돈을 뜯어 간 기생이 더 미웠다. 춘풍 아내가 이를 갈며 다시 악을 쓰는구나.

"평양을 찾아가서 추월이네 집을 찾아가리라. 내가 추월이 년을 만나기만 하면 머리채를 감아 쥐고 작살을 내야지."

춘풍 아내가 추월이 생각을 하며 이를 바득바득 갈다가도 남편이 재산을 탕진했다는 걸 떠올리니 아무래도 살아갈 방도가 보이지 않아서 연거푸 운다.

"아이고, 이래도 쓸데없고, 저래도 쓸데없다. 어떻게 살잔 말인가. 우리 가장을 도로 데려와도 이렇게 망했으니 어떡하란 말이냐. 젊은 시절에 철이 없어서 한 번 망하는 것이야 그럴 수 있지. 내가 밤낮으로 품을 팔아 한 푼, 두 푼 모은 돈으로 빚도 갚고 살림도 장만하여 입는 것, 먹는 것 걱정없이 살게 되었으니 우리 부부 화목하게 살면 그만이지, 왜 또 평양 장사를 간단 말인가! 원수로다, 원수로다, 평양 장사가 원수로다."

이렇듯이 춘풍 아내가 한탄하며 세월을 보내더니, 하루는 묘한 꾀가 하나 떠올랐다.

춘풍이네 집 뒤에 참판댁이 있었는데, 영감님은 돌아가시고 맏아들

• **각설(却說)** 옛소설에서, 하던 이야기를 마치고 새 이야기를 시작할 때 쓰던 상투적인 말.

이 젊어서 과거에 급제하여 온갖 벼슬을 다 하며 노모를 모시고 살고 있었다. 참판댁은 참판이 온갖 벼슬은 다 하여도 워낙 청렴한 사람인지라 겨우 밥술이나 뜨며 지내었는데, 그 노모가 나이 탓에 항상 입맛이 없어서 식사가 부실하였다. 그래서 춘풍 아내가 국수라도 삶는 날엔 가끔 그 대부인을 챙겨 드리곤 하였는데, 그때마다 대부인이 남달리 고마워하였던 것이었다. 춘풍 아내가 가만히 생각하여 보니 이제 참판이 평양 감사를 못 하라는 법도 없으니, 만약 참판이 평양 감사가 되면 자기에게도 언젠가는 남편을 구할 기회가 올 수도 있을 것만 같았다.

'그래, 내가 이 댁에 붙어서 가장을 살려 내고 추월이한테는 분을 풀고야 말리라.'

춘풍 아내가 마음을 단단히 먹고 그날부터는 바느질에 길쌈이며 빨래라도 하여 돈을 좀 버는 날이면 아낌없이 음식을 하여 대부인께 갖다 드렸다. 뜻밖에 음식을 대접받은 대부인은 항상 춘풍 아내에게 어떻게 은혜를 갚을지 걱정하는 꼴이 되었다. 그러다가 하루는 대부인이 춘풍 아내에게 말하였다.

"네가 집안도 어렵고 삯바느질을 하여 살아간다던데, 날마다 나에게 맛난 음식을 차려 오니 내가 먹기는 좋다마는 도리어 불안하다."

춘풍 아내가 여쭈었다.

"소녀 집에 음식이 있는데 혼자 먹기 어려워서 대부인 마님께서 혹 잡수실까 하여 드린 것인데, 이렇듯 걱정을 해 주시니 황송하옵니다."

대부인이 이 말을 듣고 춘풍 아내를 기특하게 여겨 더욱 가까이하

였다.

하루는 참판이 대부인께 문안 인사를 드리고 여쭈었다.

"어머니, 요새 무슨 좋은 일이 있으신지요? 얼굴에 화색이 돌고 좋아 보이십니다."

대부인이 대답하였다.

"앞집에 사는 춘풍의 처가 좋은 음식을 자주 차려 오니, 내가 기운이 절로 난다. 그 아이가 정성이 참 대단하여 내가 감격스럽구나."

참판이 이 말을 듣고 춘풍의 아내를 불러 감사함을 전하니, 춘풍의 아내가 참판댁과 더욱 돈독해졌다.

이럭저럭 세월이 흘러 춘풍의 아내가 참판댁에 드나든 지 몇 달이 된 때였다. 하루는 춘풍 아내가 또 음식을 차려 대부인께 찾아갔더니 대부인 얼굴에 기쁜 빛이 역력하였다. 춘풍의 아내가 이상하게 여겨 여쭈었다.

"오늘 대부인을 뵈오니, 전과 달리 얼굴에 빛이 나는 것 같습니다. 무슨 좋은 일이라도 있으신지요?"

"아, 이 사람아, 글쎄 우리 참판이 이번에 평양 감사가 되었다네."

"애고, 그런 경사가 또 있겠습니까. 모두 참판께서 나랏일을 잘하신 덕택이지요. 진심으로 경하드리옵니다."

이렇듯이 덕담을 주고받는데, 마침내 대부인이 춘풍의 아내가 그토록 듣고 싶어하던 말을 꺼내었다.

"나도 참판을 따라 이번에 평양에 가려는데, 자네도 함께 내려가서 춘풍이도 찾고 구경이나 하고 오는 것이 어떤가?"

춘풍의 아내가 여쭈었다.

"소녀는 집안일이 있어 어렵고, 소녀에게 오라비가 있사오니 비장으로 데려가 주시기를 바라나이다."

대부인이 이 말을 듣고 말하였다.

"네 청인데 어찌 내가 외면하겠느냐? 걱정 말거라."

대부인이 바로 감사에게 말을 하니, 흔쾌히 허락하여 말하였다.

"그 오라비가 비장을 하려거든 바삐 떠날 준비를 하여라."

춘풍 아내가 있지도 않은 오라비의 비장 노릇을 감사에게 허락받고 나니 정말로 바빠졌다. 춘풍 아내가 직접 가려고 여자 옷을 벗어 놓고 남자 옷으로 치장을 한다. 외올망건, 대모관자, 당줄 졸라 질끈 쓰고, 게 알 같이 고운 제주 탕건, 삼백쉰 돌림 갓양태 갓모자에 엿 돈 오 푼짜리 은구영자, 산호격자 두 귀 밑에 달아 놓고, 통행전에 삼승 버

- 경하(慶賀) 경사스런 일을 축하함.
- 비장(裨將) 조선 시대에, 지방 수령을 따라다니며 일을 돕던 하급 관리.
- 외올망건 여러 겹이 아닌 한 가닥의 올로 뜬 망건.
- 대모관자(玳瑁貫子) 바다거북의 껍데기로 만든 관자. 관자는 망건에 달아 당줄을 꿰는 작은 고리.
- 당줄 망건에 달아 상투에 동여매는 줄.
- 탕건 벼슬아치가 갓 아래 받쳐 쓰던 관. 말총을 잘게 세워서 앞은 낮고 뒤는 높아 턱이 지도록 만든다.
- 삼백쉰 돌림 갓양태 대나무로 만든 실을 삼백쉰 번 돌려서 만든 갓양태. 갓양태는 둥글게 생긴 갓의 아랫부분.
- 갓모자 갓에서 원통형으로 우뚝 솟아 있는 부분.
- 은구영자(銀鉤纓子) 갓끈을 달기 위해 은으로 만든 고리.
- 산호격자(珊瑚格子) 대나무로 된 갓끈의 대통들 사이사이에 꿴 산호로 된 구슬.
- 통행전(筒行纏) 아래에 귀가 없고 통이 넓은 행전. 행전은 한복 바지를 입을 때, 움직임을 편하게 하려고 바짓가랑이를 정강이에 감아 두던 물건.
- 삼승(三升) 버선 품질이 낮은 굵은 삼베로 만든 버선.

선, 쌍코신에 다문다문 선을 그어서 맵시 있게 지어 신고, 양색단 웃
저고리, 등토시에 등등거리, 양피 두루마기, 희천주 겹창의에 갑사쾌
자 장패 띠로 가슴 한복판을 눌러 띠고, 서피 돈피 만선두리를 두 귀
에 푹 눌러쓰고, 대모장도를 허리춤에 비껴 차고 아롱아롱 무늬가 진
대나무 살에 금박 물린 비단을 붙인 부채를 손에 쥐고 흐늘흐늘 걸어
가는 거동은 황홀한 귀남자였다.

춘풍의 아내가 이렇게 비장 차림을 하고서 황혼을 기다렸다가 감사
댁 대부인을 찾아가서 큰절을 올렸다.

"춘풍의 처, 인사 올립니다."

대부인이 놀라서 물었다.

"아니, 네가 정녕 춘풍의 처란 말이냐? 어디 고개를 들어 보라."

춘풍의 아내가 고개를 들어 얼굴을 보이니, 대부인이 뚫어져라 쳐다
보다가 그제서야 알아보고 다시 물었다.

"허허, 맞긴 맞구나. 그런데 웬 남복이더냐?"

비장이 여쭈었다.

"소녀의 지아비가 방탕하여 기생집에서 재산을 탕진하고 지내던 중
에, 호조에서 나랏돈 이천 냥을 얻어 내어 평양으로 장사를 갔으나 추
월이에게 홀려서 다시 재산을 잃었습니다. 더구나 이번에는 그 집에서
심부름꾼 노릇을 하고 있다고 하니, 제 마음이 항상 애통하고 절통하
였습니다. 다행히 이번에 참판이 평양 감사가 되었고, 그 덕택으로 제
가 추월이를 만나 분을 풀고 제 지아비도 구할 수 있는 기회를 얻었습
니다. 제게는 본래 오라비가 없으나 이런 까닭으로 남복을 하였습니

다. 그러나 차마 대부인을 속일 수 없어서 이렇게 사실을 밝히옵니다. 부디 제가 남편을 찾아올 수 있도록 은혜를 베풀어 주십시오."

대부인이 이 말을 다 듣더니 크게 웃으며 말하였다.

"허허허, 네 말을 들으니 정말 신세가 불쌍하고 가련하다. 네 소원대로 해 주마. 걱정 말거라."

이때 마침 감사가 들어오다가 웬 사내가 대부인 앞에 꿇어앉아 있는 것을 보고 화를 내어 호령하였다.

"이놈이 어떤 놈이길래 함부로 대청에 출입하느냐! 여봐라, 저놈을 바삐 결박하라."

감사의 분부가 천둥소리같이 쩌렁쩌렁 울리자, 대부인이 웃으며 만류하였다.

"감사! 아랫사람들 부르는 것은 멈추고 내 말을 좀 들으시게."

대부인이 감사에게 춘풍 아내의 일을 자세히 이르니, 감사 또한 껄

- 쌍코신 두 줄로 솔기를 댄 가죽신.
- 양색단(兩色緞) 빛깔이 서로 다른 씨실과 날실로 짠 비단.
- 등토시 여름에 땀이 적삼 소매에 배지 않도록 끼는, 등나무의 줄기를 가늘게 쪼개서 엮어 만든 토시.
- 희천주(熙川紬) 밝은 색깔의 비단.
- 창의(氅衣) 벼슬아치가 평소에 입던 웃옷. 소매가 넓고 뒤 솔기가 갈라져 있다.
- 갑사쾌자(甲紗快子) 명주실로 얇게 짠 품질 좋은 옷감으로 만든 쾌자. 쾌자는 깃과 소매, 앞섶이 없고 양옆이 터진 옷.
- 장패(將牌) 띠 군관이나 비장들이 허리에 차는 나무패인 장패를 허리에 묶은 띠.
- 서피(鼠皮) 족제비 따위의 털가죽.
- 돈피(豚皮) 돼지가죽.
- 만선두리 조선 시대에, 벼슬아치가 겨울에 예복을 입을 때 추위를 막기 위해 머리에 쓰던 방한구(防寒具).
- 대모장도(玳瑁粧刀) 자루와 칼집을 바다거북의 껍데기로 장식한 칼.

껄 웃으며 허락하였다. 또한 주변의 사람들에게 모두 입을 다물라고 단단히 일러 놓았다. 며칠 뒤에 드디어 감사 일행이 평양으로 가는 길에 오르니, 비장의 정체는 오로지 감사와 대부인밖에 몰랐다. 비장의 생김새가 곱고 별로 친분이 있는 사람이 없으니 사람들이 뒤에서 수군대었다.

"아니, 저 회계 비장은 인물이 참 잘났네."

"그러게! 감사님은 어디서 저런 비장을 데려왔을꼬? 그렇지만 사내가 수염이 없으니 그것이 흠이로군."

감사 일행이 떠날 적에 기구도 찬란하고 위엄도 엄숙하다. 빛 좋은 백마 등에 쌍교, 독교, 사인교며 좌우에 깃발 펄럭 호기 있게 내려갈 적에, 앞에 선 비장이며 뒤에 선 비장, 책방까지 한껏 멋을 내었다. 이방, 호방, 예방, 수배, 인배, 통인, 관노, 역마부며 방자, 군노, 나장

- **쌍교(雙轎)** 두 필의 말이 끄는 가마.
- **독교(獨轎)** 한 필의 말이 끄는 가마.
- **사인교(四人轎)** 앞뒤 두 사람씩 모두 네 사람이 메고 가는 가마.
- **책방(冊房)** 고을 원의 비서 일을 맡아보던 사람. 관제(官制)에는 없는데 사사로이 임용하였다.
- **이방(吏房)** 조선 시대에, 지방 관아에 속한 육방(六房) 가운데 인사 관계의 실무를 맡아보던 부서 또는 그 담당자.
- **호방(戶房)** 조선 시대에, 지방 관아에 속한 육방 가운데 호전(戶典)에 관한 일을 맡아보던 부서 또는 그 담당자.
- **예방(禮房)** 조선 시대에, 지방 관아에 속한 육방 가운데 예전(禮典)에 관한 일을 맡아보던 부서 또는 그 담당자.
- **수배(首陪)** 조선 시대에, 지방 관아에 속한 하급 관리들 중의 우두머리.
- **인배(引陪)** 조선 시대에, 고급 벼슬아치가 행차할 때에 길을 인도하던 관노.
- **통인(通引)** 조선 시대에, 지방 관아에 딸려 수령의 잔심부름을 하던 사람.
- **관노(官奴)** 관아에 속한 종.

이 좌우에 늘어서서 홍제원을 바라보고 구파발 막 지나 숫돌고개 얼른 넘어 파주읍에서 숙소하고 임진강 다다라서 전후좌우를 둘러보니 보던 바 제일이다. 물결은 잔잔한데 한가로운 새들만 오락가락하는구나. 동파역을 얼른 지나 장단읍에서 점심 먹고 취석교 건너가 소파에서 숙소하고 청석골 다다라서 좌우 산천을 구경하니 벽제 소리, 권마성에 산천이 다 울린다. 금천읍에서 점심 먹고 도저울 지나 서서 웃고개 넘어서니 평산 땅이로구나. 앞고개 넘어서서 태백산성을 바라보고 남창역에서 말을 먹이고 총수관에서 숙소하고, 홍주원 다다라서 병풍바위 말을 몰아 구월산에 다다르니 산세도 기묘하다. 봉산읍에서 점심 먹고 동선령 넘어서서 정방산성 바라보니 굽이치는 산세 속에 산성 모습 더욱 좋다. 수목이 우거지고 나는 새들은 잘 곳을 찾아가는구나. 황주 병영에서 숙소하고 말을 몰아 중화읍에서 숙소하고 형제교에 다다르니, 벌써 새 평양 감사를 맞으려고 관아의 사람들이 웅성웅성 모여 있네.

평양 감사가 줄지어 늘어선 높고 낮은 관리들의 인사를 받는데, 감사 앞뒤로 비장이 앞서고 뒤따르며 평양 감사를 모시었다. 천총이 줄을 맞춰 군문에 늘어서서 군례를 올린다. 좌청룡, 우백호, 남주작, 북현무, 사방의 깃발이 어지럽게 늘어섰고 군악대 연주하라고 외치는 소리에 산천이 진동하니 육각 풍류 취타 소리가 더욱 좋다.

아름다운 기생들은 녹의홍상을 곱게 차려입고 평양 감사 맞이한다. 그 사이를 가로질러 비장들이 좋은 말에 높이 앉아 의젓하게 나아가니 대동강변에 이르렀다. 푸른 물결이 출렁거려 나는 새를 위태롭게 하고, 멀리 보이는 수풀은 아득하기만 하다. 대동문에 들어갈 때에 전후좌우의 구경꾼이 몰려드니 성벽이 무너질 듯하다. 초성루를 지나 객사에서 멀리 임금 계신 남쪽을 향하여 절을 올리고, 선화당으로 자리를 옮겨 평양 감사 앉으셨다. 꽝! 꽝! 꽝! 대포 세 발을 쏜다. 평양 감사가 오셨다!

평양 감사께서 도임하신 지 몇 주가 지나자 각 부처 관리들도 익숙

---

* 역마부(驛馬夫) 역참에 속한 말을 관리하던 사람.
* 방자(房子) 조선 시대에, 지방의 관아에서 심부름하던 남자 하인.
* 군노(軍奴) 조선 시대에, 군아(軍衙)에 속한 사내종.
* 나장(羅將) 조선 시대에, 군아에 속한 사령.
* 벽제(辟除) 지위가 높은 사람이 행차할 때, 말고삐를 잡은 하인이 잡인의 통행을 금지하느라 외치는 소리.
* 권마성(勸馬聲) 지위가 높은 사람이 행차할 때, 말이나 가마 앞에서 하인이 그 위세를 더하기 위해 목청을 길게 빼어 부르는 소리.
* 천총(千摠) 조선 시대에, 각 군영에 속한 정3품 무관 벼슬.
* 육각(六角) 국악에서, 피리, 해금, 북, 장구, 태평소 한 쌍의 악기 편성을 이르는 말.
* 취타(吹打) 관악기를 불고 타악기를 침.

해지고, 데리고 온 비장들도 저마다 하는 일에 요령이 났다. 회계 비장을 맡은 춘풍 아내도 관아의 살림살이를 탈 없게 해 내니, 아무도 그 정체는 모르지만 일하는 솜씨만은 칭찬이 자자하였다. 하루는 사또께서 회계 비장더러 농담으로 조롱을 하였다.

"각 부처의 아전이며 책방 비장들까지 모두 기생으로 수청을 들게 하는데, 내 들으니 자네는 독수공방을 한다지? 어이하여 평양까지 와서 홀로 지내는고? 그 말이 참말인가?"

회계 비장이 여쭈었다.

"소인은 그저 제 직분에 충실한 것이 즐겁습니다."

회계 비장이 민망하여 이렇게 대답하였으나, 그 숨은 사연이야 사또는 이미 알고도 남았다. 오히려 일 처리가 빈틈이 없고, 사또가 맡긴 돈을 회계 비장이 굴려서 몇 달 만에 큰돈으로 만들어 주니 사또가 언제나 회계 비장을 사랑함이 남달랐다.

이때 회계 비장은 춘풍과 추월의 일을 은근히 조사하여 두었는데, 드디어 어느 날은 추월의 집을 찾아갔다. 대문에 들어서서 주위를 둘러보니, 잘 꾸며 놓은 집이며 정원이며 연못까지 아름답기 짝이 없었다. 한쪽을 바라보니 웬 사내가 물통을 지고 가는데 그 모양이 참혹하고도 가련하였다. 머리는 제대로 묶지 않아서 마구 흩어졌고, 얼굴은 씻지 못했는지 시커멓게 검댕이 묻고 그 사이로 두 눈만 퀭하니 껌뻑거렸다. 몇 년이나 안 빨았는지 옷은 땟국물이 주르르 흐르고, 여기저기 기운 누더기는 걸친 것인지 입은 것인지 알 수가 없었다. 저만치서 봤던 사내가 가까이 와서 허리를 굽신하더니 옆을 지나자 비장은 그제

서야 그게 춘풍인 줄 알았지만, 춘풍이는 제 아내가 온 줄 어찌 알랴.

비장이 춘풍의 모습을 보고 슬프고도 분한 마음이 부글부글 올라오는데, 꾹 참고 추월이를 찾아 두리번거렸다. 추월이는 안 그래도 새로 평양 감사가 왔다는 소식을 듣고 어떻게든 각 부처 관리들에게 잘 보이고 싶었는데 기회가 없던 차에, 회계 비장 나리가 찾아오니 아주 야단이 났다. 간사한 추월이가 회계 비장을 홀리려고 버선발로 뛰어나가 고운 손으로 회계 비장 팔짱을 낚아채며 곁에 붙어서 아양을 떤다.

"아이구, 회계 비장 나리께서 오실 줄 알았으면 옷이라도 다시 입고, 집이라도 쓸어 놓을 것을! 어찌 그리 소식도 없이 오셨을까? 어서 드시지요, 이리이리 오시지요."

추월이가 교태롭게 회계 비장을 방으로 모시면서 또 한편으로는 각별히 다담상을 차려 올리라고 밖에다 대고 으름장을 놓았다. 다담상이 아니라 온갖 안주며 술이 즐비한 술상이 올라오자, 회계 비장은 먹는 둥 마는 둥 시원찮게 음식을 들더니, 힐끗 정원에 서 있는 춘풍이를 보더니 음식 몇 접시를 내주며 물었다.

"차림새가 불쌍하구나. 네가 본래 걸인이더냐? 너는 어찌 그 모양을 하고 있느냐?"

춘풍이는 추월이가 시키는 일이 있으면 냉큼 다녀올 생각에 방 밖에 우두커니 서 있다가, 갑자기 비장 나리가 음식을 건네니 깜짝 놀라서 냉큼 받아 놓고 땅에 엎드려 대답하였다.

"소인은 원래 한양 살던 사람인데, 이렇게 지내게 된 사정이야 어찌다 말로 여쭈오리까. 나리 잡수시던 귀한 것을 소인같이 천한 몸에게 주시니 은혜에 감사합니다."

비장이 대답하지 않고 묵묵히 앉아서 미소만 흘리다가 일어섰다. 곁에 있던 추월이가 사정을 몰라 안절부절못하다가 배웅을 하였다.

며칠 뒤에 비장이 사령을 불러 분부하였다.

"너는 추월이네 집에 가서 춘풍이를 잡아들여라!"

군뢰 사령들이 우르르 달려가서 춘풍이를 잡아들여서 형틀에다 올려 매었다. 춘풍이는 어안이 벙벙하면서도 형틀에 묶이니 더럭 겁이 났다. 간이 콩알만 해져서 두 눈만 이리 뒹굴 저리 뒹굴 굴리고 있는데, 전에 보았던 회계 비장이 썩 나서서 묻는구나.

"이놈, 네 들어라. 네가 이춘풍이냐?"

전에 듣던 목소리와는 딴판으로 매섭기가 그지없으니 춘풍이가 이것이 웬일인지 몰라 더욱 겁을 먹고 대답한다.

"예, 과연 그러합니다."

대답을 듣자마자 비장이 다그쳤다.

"네가 한양에서 호조 돈 수천 냥을 빌려 간 지가 언젠데 여태까지 한 푼도 갚지 아니하느냐? 호조에서 문서를 보내기를 너를 잡아 죽이라 하였다. 너는 대체 그 돈을 다 어찌하였느냐? 나랏돈을 함부로 쓴 네놈을 그냥 둘 수 없지. 여봐라, 뭣들 하느냐? 매우 쳐라!"

말이 끝나기가 무섭게 사령 놈이 매를 들어 내려치니, 춘풍이가 비

° **다담상(茶啖床)** 손님을 대접하기 위하여 내놓은, 차와 과일 따위를 차린 상.
° **군뢰 사령(軍牢使令)** 조선 시대에, 관아에서 죄인을 다루는 일을 맡아보던 사령.

명을 지를 사이도 없이 다리에 피가 터지는구나. 열 대를 때리더니, 비장이 다시 물었다.

"춘풍아, 네가 그 돈을 어떻게 없앴느냐? 바로 일러라."

춘풍이가 어찌 거짓을 아뢰랴.

"호조 돈을 가지고 평양에 와서 일 년을 추월이와 놀고 나니 한 푼도 남지 않았나이다. 그 밖에는 달리 돈 쓴 일이 없습니다."

비장이 이 말을 듣고 다시 사령에게 분부하였다.

"뭐 하느냐? 어서 가서 추월이를 잡아들여라."

추월이는 춘풍이가 잡혀갔다는 소식을 듣고 까닭을 몰라서 궁금해하고 있었는데, 난데없이 사령들이 들이닥쳐서 자기도 잡아가니 더욱 겁이 났다. 동헌에 들어서자마자 형틀에 묶였는데, 비장의 목소리가 날카롭게 날아들었다.

"조금도 사정을 두지 말고 매우 쳐라."

사령이 태장을 골라 잡더니, "하나요, 둘이요." 수를 헤아리며 매를 때렸다. 그리고 비장이 물었다.

"이년, 바삐 아뢰어라. 네가 네 죄를 모르느냐?"

추월이가 정신이 아득하여 겨우 여쭈었다.

"춘풍이가 제 집에 와서 놀기는 하였으나, 무슨 돈인지 소녀는 몰랐나이다."

비장이 화를 내어 다시 분부하였다.

* **태장(笞杖)** 볼기를 치는 데 쓰던 형구.

"네가 어찌 모르리오? 그럼 네가 먹은 돈을 평양 감영에서 물어 주랴, 아니면 내가 물어 주랴? 네가 돈을 먹어 놓고서 이제 와서 무슨 말을 하느냐? 내 오늘 너를 벌하리라."

비장의 눈짓에 사령이 다시 매를 들어 내려치니, 추월이가 기가 막히면서도 겁도 나고 후회도 되었다. '호조 돈 빌려 온 것을 내가 왜 욕심을 내었을까!' 추월이가 다급하게 아뢰었다.

"나랏돈이 매우 중요하고 호조의 명령이 지엄하니, 분부를 받들어서 춘풍의 돈을 다 물어내겠습니다."

비장이 말하였다.

"호조에서 이른 대로 너를 죽이려 하였으나, 네가 먼저 죄를 알고 돈을 바친다고 하니, 내 너를 살려 주마. 너는 호조 돈에다가 이자를 붙여서 오천 냥을 바쳐라."

추월이가 여쭈었다.

"열흘 말미를 주시면 오천 냥을 바치겠나이다."

추월이가 비장에게 아뢴 대로 다짐을 써서 올리니, 사령들이 춘풍이와 추월이를 형틀에서 내려놓았다. 비장이 춘풍이에게 일렀다.

"열흘 이내에 오천 냥을 받아서 서울로 가거라. 가거든 바로 호조에 가서 돈을 갚아야지, 허튼 일일랑은 아예 생각도 말거라. 나도 일이 있어서 서울에 가는데, 내가 지켜보겠노라."

춘풍이는 매 맞은 자리가 아픈 중에도 이제 빚을 갚고 집에 돌아갈 생각을 하니 기분은 날아갈 것만 같아 여쭈었다.

"나리 덕택으로 호조 돈을 다 갚을 수 있게 되었으니, 이 은혜는 죽

어도 잊지 않겠습니다. 서울에 가면 제가 댁으로 문안 인사를 올리러
가겠습니다."

모두 돌아가니, 비장이 따로 사또를 뵙고 여쭈었다.

"사또의 은혜로 제가 추월이에게 분을 풀고, 춘풍도 찾고 또한 호조
돈도 갚게 되었습니다. 이 은혜를 어찌 다 갚을 수 있겠습니까. 소녀가
외람되게도 비장의 직분을 맡아 오랫동안 자리를 차지하였으니 죄가
큽니다. 이제 그만 서울로 돌아감을 허락하여 주십시오."

사또가 기특하게 여겨 떠날 것을 허락하였다. 이튿날 춘풍의 아내가
사또께 하직 인사를 하고 그간 평양에서 모은 돈은 서울로 부친 뒤
길을 나섰다. 여러 날 만에 집에 돌아와 부친 돈도 찾고 남복도 벗어
놓고 춘풍이 오기만 기다렸다.

평양 감사도 저 싫으면 그만!

춘풍의 아내는 뒷집 참판이 평양 감사가 되었다니까, "경하드립니다!"를 연발하며 축하 인사를 올렸습니다. 참판은 오늘날로 치면 장관 바로 아래인 차관에 해당하는 높은 벼슬이고, 품계로 보자면 감사나 참판 모두 종2품으로 같은 직급입니다. 왜 춘풍의 아내는 참판이 평양 감사가 된 것을 축하하였을까요? 이것을 이해하는 데 적절한 속담이 있습니다. 바로 "평양 감사도 저 싫으면 그만!"입니다. 아무리 좋은 자리도 자기가 싫으면 별수 없다는 뜻인데, 이런 말이 생길 정도로 평양 감사 자리는 인기가 좋았습니다.

〈평생도〉 중 '관찰사부임', 국립민속박물관 소장.

감사와 관찰사는 같은 벼슬?

조선 시대에는 백성을 다스리기 위해 크고 작은 고을마다 벼슬아치들을 내려보냈습니다. 조정에서 근무하는 벼슬을 '내직', 지방에 파견되어 근무하는 벼슬을 '외관직' 줄여서 '외직'이라고 하였는데, 외관직을 관리하고 감독하기 위하여 파견한 것이 관찰사입니다. 그러니까 현감이나 목사 같은 지방 수령들은 직접 백성을 다스리는 외관직 벼슬아치였고, 관찰사는 이들이 업무를 잘 수행하는지 감독하는 자리였다고 할 수 있습니다. 감사(監司), 도백(道伯), 방백(方伯), 외헌(外憲), 도선생(道先生), 영문선생(營門先生) 등은 모두 관찰사의 다른 이름이었습니다.

임금의 권한을 대행하였던 관찰사의 임무

관찰사는 임금을 대신하여 지방 수령을 감찰하였습니다. 지방 수령들의 근무 성적을 평가하여 등급을 매기고, 중앙에 파직을 건의할 수 있었습니다. 또한 관찰사는 지방 장관 역할도 하였습니다. 지방 수령에게는 세금을 걷고 호적을 관리하고 중앙의 명령을 집행하는 행정권, 백성 사이의 크고 작은 송사를 해결하거나 법을 어긴 자를 벌하는 사법권, 그리고 군사를 훈련시키고 전쟁이 났을 때에 적군과 전투를 치르는 군사 지휘권이 있었습니다. 따라서 관찰사는 각 도의 군대 책임자라 할 수 있는 '절도사'를 겸직하였습니다.

상피제, 사사로움을 피하라!

관찰사가 감찰하였던 지방 수령에는 어떤 벼슬들이 있었을까요? 조선 시대에 지방의 행정구역은 도(道), 부(府), 목(牧), 군(郡), 현(縣)의 순서로 나뉘었습니다. 이 순서대로 관찰사, 부사, 목사, 군수, 현감 또는 현령이 조정에서 각지로 파견되었지요. 지방 수령들은 부임지로 가서 아전들을 통솔하고 고을 양반들의 자치기구인 향청과 협력하여 고을을 다스렸습니다. 식견이 부족한 수령들은 아전들이나 향청의 좌수에게 휘둘리기도 하였지만, 그들과 결탁하여 백성을 괴롭히기도 하였습니다. 이들의 부정을 막기 위해 조정에서는 '상피제(相避制)'를 운영하였는데, 이것은 부임하는 곳과 개인적인 인연이 있는 사람은 아예 보내지 않는 제도였습니다.

평양 감사, 되기는 어려웠지만, 한번 해볼 만한 자리였겠지?

평양 감사의 인기 비결

하나, 경제적 이득 보장
평안도는 중국으로 가는 길목이자 전략적 요충지여서 대규모 군대를 운영하고 있었고, 그 비용은 평안도 자체의 공물로 해결하였다. 평양 감사는 이 공물을 조달하고 운영하면서 수익을 얻었고, 중국과 가까워 무역에서 얻는 이득도 상당하였다.

둘, 문화적 즐거움 보장
평양은 산수가 수려하고 진귀한 음식들이며 아름다운 기생들이 많았다. 평양 감사는 이 모든 것을 마음껏 누릴 수 있었다.

셋, 사회적 자유 보장
전라도나 경상도 같은 지역에는 중앙 정계와 인연을 맺고 있는 권력가 집안이 많아 관찰사가 가더라도 눈치를 안 볼 수가 없었다. 하지만 평안도에는 고려 때부터 세력 있는 집안이 아예 없어 평양 감사는 거리낌 없이 편하게 지낼 수 있었다.

다시 만난 부부

이때 평양에서는 추월이가 추풍 같은 비장의 명령을 어이 거역하랴.
있는 돈 없는 돈을 모두 모아 오천 냥을 만들어서 관아에 바치니, 춘
풍이가 새로 온 회계 비장에게 돈을 받아 들고 집으로 향하는구나.
갓, 망건, 의복을 다시 곱게 차려입고, 말안장을 높이 하여 호기롭게
서울에 들어서서 제 집을 찾아가니, 춘풍의 아내는 아무것도 모르는
듯이 집 안에 있다가 서방님 들어오는 낌새에 부리나케 달려 나가 춘
풍이를 맞이하였다. 춘풍 아내가 문밖에 썩 나서서 춘풍이의 소매를
잡고 깜짝 놀라며 말하였다.

"어이 그리 더디게 오셨소. 평양 가서 장사는 잘하고, 평안히 다녀오
십니까?"

춘풍이가 오랜만에 아내 얼굴을 보니 없던 정도 솟아나며 반갑기가

그지없다.

"아이구, 마누라, 그새 잘 있었는가?"

춘풍이가 평양에서 가져온 돈을 여기저기 벌여 놓고 장사에서 남긴 듯이 의기양양하니, 춘풍 아내가 화들짝 놀라며 술상을 마련하여 왔다. 소담한 술상 위로 춘풍 아내가 술병을 들며 말하였다.

"이것이 얼마 만이오? 평양 가서 얼마나 고생이 많으셨소. 어서 잡수시오."

춘풍이가 아내가 따라 주는 술을 고맙게 받아서 맛있게 마셨으면 좋으련만, 갑자기 교만을 떨기 시작한다. 술 한 잔을 마시고 나더니 얼굴 표정이 일그러지며 말하였다.

"안주도 좋지 않고 술맛도 없다. 평양에서는 좋은 안주로 매일 술을 마셔서 내 입맛이 높아졌으니, 도저히 이런 안주로는 술을 마실 수가 없겠다. 평양으로 다시 가고 싶다. 아무래도 집에는 못 있겠다."

춘풍이가 젓가락을 '탕탕' 내려놓고, 씹던
고기도 뱉더니 다시 말하였다.

"평양에서 으뜸 기생 추월이가 해 주던 좋은 안주와
술이 그립구나. 그렇게 호강을 하다가 집에 오니 모든 것이 다
어설프다. 호조 돈을 얼른 갚고 남은 돈은 다시 환전하여 평양으로 부
칠란다. 나는 다시 평양 가서 추월이를 작은집 삼아 지낼란다."

이렇게 교만을 떠는 거동은 차마 못 볼 꼴이었다. 춘풍 아내는 대꾸
도 하지 않고 가만히 춘풍이가 하는 말만 듣고 있다가 상을 물렸다.
그러더니 밖으로 나가서 다시 비장 차림을 하고 황혼녘에야 들어왔다.
오동수복 담뱃대를 한 발이나 뻗쳐서 거만스레 물고 천천히 갈 지(之)
자로 걸음하여 춘풍의 집 대문 앞에 서서 기침을 하였다.

"에헴, 에헴, 춘풍이 왔느냐?"

집에 있던 춘풍이는 아내가 돌아오지 않아 궁금해 하던 차에 어디
서 자기 이름 부르는 소리가 나니, 추월이네 집에서 심부름꾼 노릇 하
던 버릇이 있어서 자기도 몰래 벌떡 일어섰다. 문을 열고 내다보니 평
양에서 돈을 받아 주었던 회계 비장이 서 있는 것이 아닌가! 춘풍이
가 깜짝 놀라서 버선발로 뛰어 내려와 땅에 납작 엎드려 여쭈었다.

"소인이 오늘 와서 미처 인사를 드리지 못하였는데, 나리께
서 이렇게 먼저 행차하시니 황공합니다."

비장이 답하였다.

"내 마침 이리 지나가다가 너 왔다는 말을
듣고 잠깐 들렀노라."

비장이 말을 마치더니 거침없이 방 안으로 들어가 버렸다. 춘풍이는 비록 제가 사는 집이지만 비장이 방에 있으니, 사뭇 어려워서 방에는 들어가지도 못하고 추월이네 집에서처럼 밖에 섰다. 이 모양을 본 비장이 짐짓 말소리를 정답게 하여 말을 붙였다.

"춘풍아, 들어와서 말이나 하여라."

춘풍이가 여쭈었다.

"나리께서 앉아 계신 곳에 제가 어찌 감히 들어가겠습니까?"

비장이 조금 목소리를 바꿔 말하였다.

"잔말 말고 들어오너라."

춘풍이가 어찌할 수 없어서 들어오니, 비장이 물었다.

"그래, 추월이한테서 돈은 잘 받았느냐?"

"예, 나리 덕분에 즉시 받았습니다. 못 받을 돈 오천 냥을 하루아침에 다 받았으니, 나리의 은혜가 하늘과 같습니다."

비장이 다시 다정스레 말을 이었다.

"그래, 그때 맞던 매가 아프더냐?"

"아니옵니다, 소인에게 그런 매는 오히려 상이옵니다. 어찌 아프다 하겠습니까?"

비장이 웃으며 말하였다.

"껄껄껄. 오냐, 그 말이 반갑구나. 네 집에 술이 있느냐?"

춘풍이가 냉큼 일어서서 술상을 차려 내오니, 비장이 꾸짖었다.

"네 처는 어디 가고 내외를 시키느냐? 빨리 제대로 못 하겠느냐?"

춘풍이가 비장의 호통 소리에 겁을 먹고 아내를 찾은들 진실로 찾을 수가 있을쏘냐? 집 안팎으로 들며 나며 찾아도 어쩔 수가 없었다. 다시 술상을 차려서 이번에는 고개를 푹 숙이고 비장께 올리니, 비장이 잔뜩 인상을 찌푸리고 술을 마시기 시작하였다. 한두 잔을 먹더니, 비장이 짐짓 취하여 말을 하였다.

"네가 평양에서 추월이네 집에 있을 적에 그 모습이 참혹하였다. 거지 중에 상거지였지. 추월이의 하인이 되어 상투도 못 틀고 헌 누더기에 감발 버선이 어떠하더냐?"

춘풍이는 부끄럽고 혹시나 제 아내가 문밖에서 엿들을까 민망하였지만, 제가 어찌 비장이 하는 말을 막겠는가. 아내가 올까 봐 안절부절못하는 꼴은 혼자 보기 아까울 정도였다. 비장은 춘풍이의 태도는 아랑곳하지 않고 다시 거들먹거리며 말하였다.

"남산 밑 박 승지 댁에 가서 술이 대취하여 네 집에 왔더니, 시장도 하지만 목도 마렵다. 속도 풀 겸 가서 시원하게 칡즙이나 한 그릇 내오너라."

춘풍이가 황공하여 밖으로 나와서 아무리 아내를 찾은들 찾을 수가 없으니 발만 동동거렸다. 안에서 이 모양을 본 비장이 꾸짖었다.

"네 처는 어디에다 숨기고 나에게 보이지 않는고? 네가 평양에서의 일을 벌써 잊었느냐? 이제는 집에 왔다고 그렇게 체통을 차리는 것이더냐?"

춘풍이가 더욱 당황하여 어쩔 수 없이 직접 부엌을 뒤져서 칡즙을

◦ **감발 버선** 제대로 된 버선을 못 신고 발감개를 한 차림새.

만드니, 그 모습이 차마 우스웠다. 한참을 뒤적거리며 칡즙을 만들어
서 대령하니, 비장이 조금 마시는 체하고 춘풍이에게 건네었다.

"먹어라. 추월의 집에서 깨진 사발에 누룽지를 된장 찌꺼기와 함께
먹던 생각을 하고 먹어라."

춘풍이는 칡즙 먹는 것은 상관없으나, 이 말을 아내가 밖에서 들을
까 봐 속으로 안절부절못하였다.

비장이 춘풍이를 물끄러미 보더니 말하였다.

"밤이 깊었으니, 네 집에서 자고 가야겠다."

비장이 일어나서 의복과 갓, 망건을 벗는 체를 하니, 춘풍이가 감
히 가라는 말은 못하고 오랜만에 아내를 볼 생각에 기대하였다가 일
이 틀어질 것만 같아서 속으로 실망하였다. 그런데 비장이 갓과 망건
을 벗고 웃옷을 훌훌 벗고 보니 영락없는 제 아내였다. 춘풍이가 이상
해서 다시 자세히 보아도 틀림없는 아내였다. 어찌 된 것인지 도
통 알 수도 없고 어이가 없어서 입을 헤벌쭉 벌리고 앉아
있으려니 춘풍의 아내가 달려들며 말하였다.

"이 사람아, 아직도 나를 몰라보겠소?"

춘풍이가 그제서야 아주 깨닫고 깜짝 놀라
며 두 손을 마주 잡고 반갑게 말하였다.

"이것이 웬일인가? 평양 회계 비장 나리
가 바로 우리 마누라인 줄을 내가 어이 알
리? 이것이 생시인가 꿈인가? 내가 귀신

에게 홀린 것인가, 아니면 내 눈이 이상한가?"

춘풍이가 기쁘고도 상쾌한 마음에 아내 볼에 자기 볼도 대어 보고 코도 잡아 보고 얼굴을 뚫어져라 쳐다도 보았다. 그래도 정녕 자기 아내가 확실하니 이번엔 춘풍이가 물었다.

"자네는 어떻게 비장이 되어 평양에 내려왔으며, 또 내가 아무리 잘못하였기로 가장을 형틀에 올려 매고 그다지도 몹시 칠 수가 있단 말인가? 그때 자네 마음이 상쾌하던가?"

춘풍의 아내가 대답하였다.

"당신이 스스로 앞으로 집안 재산은 모두 저에게 맡긴다고 수기까지 써 놓고서, 무슨 마음이 들었는지 호조 돈까지 수천 냥을 빌려서 평양으로 장사를 가실 때에는 정말 답답하였지요. 더구나 그걸 말린다고 저를 이리 치고 저리 치며 떠나더니 결국엔 몽땅 날려 버렸다는 소식을 들었을 때엔 앞이 캄캄하였습니다. 그래서 생각 끝에 참판댁 대부인께 다담상을 자주 대접하여 인심을 얻고 마침 참판께서 평양 감사로 가실 때에 비장으로 갔습니다. 원래 마음으로는

추월이랑 당신을 모두 요절을 내려고 하였는데, 추월이네 집에서 당신 고생하는 것을 보니 조금 불쌍해 보여서 더 치지는 못하고 용서하였다오. 그간 나 고생한 것을 생각하면 당신 맞던 매가 깨소금 맛이오."

이렇듯이 부부가 웃으며 지난 이야기를 하며 하룻밤을 보내니 다시 맺은 부부의 인연과 금실이야 비할 데가 없었다.

다음 날 날이 밝자마자 춘풍이가 돈을 챙기더니 호조로 가서 빚진 것을 모두 갚고 돌아왔다. 그 뒤로는 춘풍이가 아주 새사람이 되어서 주색잡기는 전혀 관심이 없고 부지런히 일을 하여 재산을 불리니, 집안이 넉넉하고 가족이 모두 화목하였다. 자식도 이남 일녀를 두니, 모두 부모를 닮아 건실한 사람이 되어 잘 살았다. 평양 감사도 임기를 마치고 다시 서울로 올라와 이들 부부를 만나니, 인생 사는 즐거움이 사뭇 남달라서 두 집안이 서로 믿음을 잃지 않고 잘 지내었다.

• 금실 부부간의 사랑을 달리 이르는 말.

조선 시대 사대부 남성은 어떤 옷을 입었을까?

춘풍의 아내는 평양 감사의 회계 비장이 되어 평양에 갑니다. 당연히 평소에 입던
여자 옷이 아니라 남자 옷을 입어야겠지요. 춘풍의 아내가 남자 옷으로 치장을 하는
장면을 보면, 외올망건, 통행전, 겹창의 등 오늘날에는 쓰이지 않는 어려운 낱말들이 숨
가쁘게 열거됩니다. 하지만 우리가 익숙하지 않아서 어렵게 느껴질 뿐, 조선 시대에는
일상적으로 쓰던 말이었을 것입니다. 조선 시대 남자들은 어떤 옷차림을 하였을까요?

집 안에서의 차림새

상투 머리카락을 곱게 올려 빗어
정수리 위에서 틀어 감아올렸다.

망건 상투 튼 머리가 흩어지지
않도록 그물 모양의 망건을
이마 윗부분에 둘러 잡아맸다.

탕건 상투와 망건을 두른 머리에 쓴
조그마한 모자. 맨상투를 드러내는
것은 점잖지 못한 일이라서
선비들은 항상 탕건을 가까이 뒀다.

적삼과 저고리 오늘날의
'속옷'에 해당하는 적삼은
저고리와 비슷하게 생겼지만
조금 더 작고, 고름이 없는
대신에 단추가 있다. 적삼
위에 저고리를 입었다.

바지 오늘날의 것과
모양이 별로 다르지
않다. 주머니가
없어서 따로
주머니를 허리에
차고 다녔다.

버선 추위를 막으려고 솜을 넣은
솜버선, 솜을 넣지 않은 대신 겹으로
만든 겹버선, 홑겹으로 만든 홑버선,
솜을 넣고 누빈 누비버선 등이 있었다.

덥다, 더워!

춘풍의 아내는 적삼에 바지, 저고리를 입고 그 위에 양가죽 두루마기며 창의를 입었습니다. 또한 여름에 땀이 나 옷이 들러붙지 말라고 입던 등등거리와 등토시까지 착용하였습니다. 그러니까 여름옷과 겨울옷을 한꺼번에 입은 꼴입니다. 좀 이상하지요? 이건 그 시대에 실제로 그렇게 입은 것이 아니라, 옷을 입는 대목을 빌려 여러 호사스러운 옷을 열거하여 독자의 흥을 돋우기 위함이었습니다. 이 장면의 재미가 극대화된 것이지요.

외출시의 차림새

갓 망건을 두르고 탕건을 쓴 뒤 그 위에 썼다. 햇볕을 가리는 실용성과 흰옷에 잘 어울리면서도 세련미가 있어서 신분에 상관없이 많은 사람의 사랑을 받았다.

갓끈 갓을 머리에 고정하기 위한 장치. 보통 얇고 폭이 좁은 검은 천을 썼는데, 따로 옥이나 호박, 산호, 수정, 대나무 조각까지, 여러 가지를 꿴 장식용 갓끈을 달기도 하였다.

도포 소매가 넓고 뒤에 트임이 있어서 말타기에 편하도록 만들어졌다. 보통은 흰색이지만, 옥색이나 남색 등도 입었다.

쾌자 하급 관리나 무관들은 도포 위에 쾌자를 겹쳐 입었다. 쾌자는 소매가 없고, 옆트임이나 뒷트임이 있어 활동하기 매우 편하였다.

행전 바지 자락이 펄럭이는 것을 막기 위해 무릎 아래에 매는 천. 먼 길을 가거나 크게 움직일 일이 있을 때 바지 자락을 모아 주어서 아주 편리하였나.

가죽신 가죽신에 비단을 덧대고 여기에 다양한 무늬를 넣은 여러 종류의 신발을 신었다. 구름 무늬를 넣은 것을 '운혜', 둥근 줄무늬를 넣은 것을 '태사혜'라 하고, 색깔은 녹색이나 흰색, 검정색이 많았다.

깊이 읽기
춘풍이를 비웃으면서
배우는 것

함께 읽기
어쩌다 춘풍이는
그렇게 되었을까?

춘풍이를 비웃으면서 배우는 것

◉ **《이춘풍전》은 어떻게 지어졌을까?**

《이춘풍전》은 19세기 후반에 한글로 지어진 고전 소설입니다. 현재 대략 10종 정도가 남아 있는데, 모두 종이에 붓으로 적은 필사본입니다. 다른 고전 소설들은 목판에 글자를 새겨 찍어 낸 목판본이나 근대식 출판 기법을 도입하여 대량으로 인쇄한 활자본이 있지만, 《이춘풍전》은 오직 필사본만이 전해지고 있습니다. 그 이유는 그만큼 이작품이 매우 뒤늦게 출현했기 때문입니다. 실제로 지금 남아 있는 책들을 조사해 보면 대체로 1905년에서 1912년에 필사된 것을 확인할 수 있습니다. 즉 20세기에 필사된 것입니다. 여러분이 생각했던 것보다 훨씬 늦지요? 그럼 과연 《이춘풍전》은 어떻게 지어졌을까요?

유흥가에서 놀며 지내는 한량이나 왈짜 들의 생활을 다룬 이야기는 꽤 오래전부터 있었습니다. 예를 들면 조선 순조 때의 인물인 송만재가 지은 한시 〈관우희(觀優戱)〉에는 판소리 〈왈짜 타령〉이 소개되어 있습니다. 송만재는 아들이 과거에 급제하자 광대들을 불러서 잔치를 벌이고 싶었지만 돈이 없었습니다. 그래서 대신 광대들의 놀이를 소개하는 한시를 지어서 아들에게 주었는데, 그게 바로 〈관우희〉입니다. 여기엔 당연히 당대에 유명했던 여러 판소리가 소개되어 있는데, 그중의 하나가 바로 〈왈짜 타령〉이었지요.

판소리 〈왈짜 타령〉은 나중에 《계우사(戒友詞)》라는 한글 고전 소설로 정착해서 현재 전해지고 있습니다. 《계우사》는 제목에서 알 수 있듯이 친구를 훈계하는 내용의 소설입니다. 줄거리는 《이춘풍전》과 꽤 비슷합니다. 서울에 '김무숙'이라는 왈짜가 방탕하게 살고 있었습니다. 하루는 평양에서 온 기생 '의양'에게 반해 큰돈을 들여서 의양을 기생 신분을 벗어나게 한 뒤 자기 첩으로 삼았습니다. 그러고도 계속 방탕한 생활을 하자, 의양은 무숙의 아내를 만나 무숙이를 혼내 주기로 계획을 짰습니다. 그래서 돈이 떨어졌다며 무숙이를 쫓아내고, 무숙이는 생계를 위해 어쩔 수 없이 의양의 집에서 머슴살이를 하게 됩니다. 의양은 일부러 다른 남자와 놀아나는 모습을 무숙이에게 보이고, 무숙이는 이에 충격을 받아 자결을 하려고 합니다. 그러자 의양은 무숙이를 정신 차리게 하려고 다른 사람과 꾸민 일이었음을 고백하고, 무숙이는 그제서야 마음을 바로잡게 되었습니다.

《계우사》와 《이춘풍전》을 비교해 보면, 기생의 역할이 다르다는 것을 알 수 있습니다. 《계우사》에서 의양은 무숙이를 올바른 길로 인도하지만, 《이춘풍전》에서 추월이는 이춘풍의 돈을 뜯어낼 뿐이지요. 《이춘풍전》은 《계우사》보다 나중에 나왔으니, 《계우사》의 줄거리를 모방하면서도 보다 재미있게 꾸민 작품이 《이춘풍전》이라고 할 수 있습니다. 의양보다는 추월이의 모습이 보다 현실적이면서도 재미있으니까요.

한편 기생집에서 돈을 잃은 한량들의 이야기나 평양 감사를 따라가서 장사를 하여 큰돈을 벌었다는 옛이야기들도 여럿이 전해지고 있습니다. 그렇다면 《이춘풍전》은 판소리 〈왈짜 타령〉을 바탕으로 삼아 이런저런 이야기들을 섞어서 만든 소설임을 추측할 수 있습니다.

문제는 왜 이렇게 여러 이야기들을 모아서 《이춘풍전》을 만들었느냐는 것이겠지요? 여러 이야기들이 결합하여 만들어졌다고 하면 이야기의 가치가 떨어지는 것처럼 들리겠지만, 실상은 그렇지 않습니다. 왈짜들에 대한 이야기들 중 가장 오래된 것이라고 할 수 있는 〈왈짜 타령〉은 사설이 전해지지 않아 그 내용을 정확히 알 수 없지만, 왈짜들이 즐기는 놀이, 음식, 술, 옷차림 등을 화려하고도 흥겹게 늘어놓았을 것으로 추측됩니다. 《계우사》에서도 그런 부분이 매우 장황하거든요. 하지만 이들 작품의 영향을 받아 만들어진 《이춘풍전》은 왈짜나 한량 들의 유흥보다는 그들의 삶에 더 초점을 맞추고 있습니다. 어차피 왈짜나 한량 들은 유흥으로 세월을 보내던 사람이었으니 그게 그거 아니냐고 말할 수도 있겠지만, 이는 분명히 다릅니다.

〈왈짜 타령〉이나 《계우사》는 판소리의 음악적인 측면에 바탕을 두고 이야기를 꾸몄기에, 이야기의 재미는 덜한 편이었습니다. 그래서 인물들 사이의 갈등이나 사건이 전개되면서 특별한 의미가 생기거나 감동이 일어날 가능성도 크지 않았지요. 아마도 이런 사유가 판소리 〈왈짜 타령〉이 사라지는 데에 영향을 끼쳤을 것입니다. 물론 모든 판소리가 이렇게 이야기로서의 재미가 없는 것은 아닙니다. 같은 판소리여도 이야기가 재미있었던 〈춘향가〉나 〈흥부가〉는 판소리뿐만 아니라 소설로도 굉장히 인기를 끌었으니까요. 《이춘풍전》은 왈짜를 소재로 삼았다는 점에서는 〈왈짜 타령〉이나 《계우사》와 유사하지만, 음악적인 재미가 아니라 이야기로서의 재미를 작품의 중심에 두고 있다는 점에서 차이가 있지요.

그리고 《이춘풍전》이 지닌 이야기로서의 재미란 결국 '풍자'라고 할 수 있습니다. 《이춘풍전》의 근원은 한편으로는 〈왈짜 타령〉과 같은 판소리에 있지만, 다른 한편으로는 세태, 즉 세상과 사람들의 다양한 모습에 대한 유쾌한 비판을 담은 풍자 소설에 있습니다. 왈짜나 한량 들의 삶에서 그들이 입고 먹고 즐기는 것들을 그냥 소개하는 것이 아니라, 그렇게 사는 삶이란 어떤 것인지 즐겁게 돌아보는 것이지요.

자, 그렇다면 과연 《이춘풍전》의 풍자는 어떻게 이루어졌고, 그것의 의미는 무엇일까요? 지금부터 살펴보겠습니다.

◉ 춘풍이와 아내의 대조

'풍자'란 예술 작품에서 대상을 비판하면서 웃음을 이끌어 내는 기법입니다. 《이춘풍전》에서 풍자는 춘풍이와 춘풍의 아내를 대조하는 데에서 가장 두드러집니다. 원래 두 인물을 대조하는 것은 이야기를 풀어 나가는 데에 쓰이는 아주 오래된 기법이고, 그래서 풍자에서도 자주 사용됩니다. 가령 〈혹부리 영감〉이라는 옛이야기를 보면 착한 혹부리 영감이 우연히 산에서 도깨비를 만나 혹도 떼고 도깨비방망이를 얻어 부자가 되지만, 나쁜 혹부리 영감은 욕심을 내다가 도리어 혹도 붙이고 망신을 당하게 됩니다. 두 인물의 대조를 통해 선과 악의 가치를 재미있게 다루었습니다. 우리가 잘 아는 《흥부전》도 인물을 대조하면서 풍자하는 아주 멋진 이야기이지요. 놀부와 흥부는 형제이면서도 삶의 태도가 완전히 다릅니다. 두 사람은 부유함과 가난함, 악함과 착함 등 경제적인 상황과 사람 됨됨이 면에서 차이를 보입니다. 그리고 이러한 대조를 통해서 도덕성 없는 부유함이나 무능력한 선함에 대하여 풍자가 이루어집니다.

자, 그렇다면 《이춘풍전》에서 인물의 대조는 어떻습니까? 작품 전체의 줄거리를 보면 춘풍이가 방탕한 생활을 하여 재산도 날리고 기생집 머슴살이를 하는 것을 아내가 구해 줍니다. 즉 춘풍의 아내는 춘풍이에게 구원자인 셈이지요. 더구나 아내가 회계 비장이 되어 춘풍이를 따끔하게 혼냄으로써 춘풍이는 새사람이 되었으니 춘풍의 아내는 인도자의 역할도 하고 있습니다. 이렇게 춘풍의 아내는 춘풍이보다 우위에 있고, 이것은 이야기가 진행되면서 나타난 결과입니다. 즉 《이춘풍전》은 두 사람의 관계를 통해 아내를 지지하고, 춘풍이는 조롱하고 있습니다. 그럼 춘풍이와 아내는 어떤 점이 다른 것일까요?

첫째, 삶에 대한 태도에서 둘은 가장 큰 차이를 보입니다. 춘풍이는 부잣집의 외아들로 태어났습니다. 젊어서 부모님이 돌아가시자 그는 방탕한 삶을 살기 시작합니다. 작품에서 소개된 그의 생활은 술 먹고 기생질하기, 친구들과 활쏘기, 풍류 즐기기, 내기하기 등으로 점철되어 있습니다. 먹는 것도 남달랐지요. 기생을 옆에 앉히고 노래를 부르게 한 뒤 좋은 술과 고기 안주를 매일 먹었습니다. 결국 이런 생활을 하느라 그는 전 재산을 날리고, 가장권을 아내에게 넘기게 됩니다.

춘풍이의 생활을 보고 우리는 그가 방탕하다고 말할 수 있습니다. 하지만 이런 판단은 너무 거친 느낌입니다. 술 먹고 친구들과 논다고 하여 언제나 방탕한 것은 아니기 때문입니다. 그러므로 우리가 관심을 가져야 하는 것은 술을 마시느냐 마시지 않느냐가 아니라, 술 마시는 것을 방탕한 것으로 만들게 되는 보다 근본적인 것입니다.

그것이 무엇인지 알기 위해 이번에는 춘풍의 아내가 어떻게 살았는지 살펴보겠습니다. 춘풍의 아내는 춘풍이에게서 가장권을 넘겨받자 쓰러진 살림을 일으키기 위해 온갖 일을 마다하지 않습니다. 아내는 밤낮없이 바느질을 하고 길쌈을 하여 돈을 모았습니다. 돈이 조금 모이면 이것을 빌려줘서 더 큰돈으로 만들었습니다. 이렇게 춘풍이는 돈을 쓰느라 바빴고, 춘풍의 아내는 돈을 버느라 바빴습니다.

그러나 결과는 달랐지만 춘풍이나 춘풍의 아내 모두 어떤 일에 몰두했다는 점에서는 다를 바가 없습니다. 춘풍이에게 그것이 기생질이었다면 춘풍 아내에게는 바느질이었지요. 과연 둘의 차이는 무엇일까요? 그것은 바로 그러한 행동을 하는 동기나 그런 행동의 성격에 있습니다.

춘풍이가 부모로부터 물려받은 재산을 기생질에 탕진하는 데에는 특별한 동기가 없습니다. 기생을 만나서 술을 마시고 맛난 음식을 먹고 친구들과 어울려 노는 것이 그냥 즐겁기 때문이었습니다. 그것은 본능적으로 즐거운 일이었고, 춘풍이는 그러한 생활이 자신에게 어떤 의미가 있는지 한 번도 생각해 보지 않았습니다. 춘풍이에게는 자신이 어떻게 살아야 하는지에 대한 기준이나 규율이 없었습니다. 이에 비해 춘풍의 아내는 열심히 일하는 데에 분명한 동기와 목적이 있었고, 그것은 건실한 것이었습니다. 그녀는 이제 가장으로서 쓰러진 집안을 다시 일으켜야만 했습니다. 춘풍의 아내가 열심히 일하고 돈을 모은 까닭은 이런 목적 때문이었고, 그 방법도 건전한 것이었습니다.

원래 '방탕(放蕩)'이라는 말은 어디에 매인 것이 없고 물결이 출렁이듯 절제됨이 없는 상태를 뜻합니다. 오로지 욕망에만 충실한 것이지요. 결국 춘풍이와 춘풍의 아내에게서 발견할 수 있는 가장 큰 차이는 삶의 지향이 있느냐 없느냐라고 할 수 있습니다. 춘풍이는 아무런 목적도 없이 욕망이 이끄는 대로 방탕하게 살았고, 춘풍의 아내는 가정을 꾸려 나가야겠다는 건실한 목적을 가지고 근면하고도 진실되게 살았습니다.

둘째, 두 사람은 현실에 대한 인식 방법에서 차이가 있습니다. 춘풍이가 한량 노릇을 하느라 재산을 날려 먹자, 아내는 하소연을 합니다. 사내대장부로 태어났으면 과거에 급제하여 벼슬살이를 하든가, 아니면 돈을 벌어서 집안을 일구어야지 왜 매일 기생질을 하여 재산을 허비하였느냐고 울며 말했습니다. 그러면서 그녀는 방탕하게 살다가 망해 버린 사람들을 차례로 예를 듭니다. 그러자 이번에는 춘풍이가 대꾸를 합니다. 무슨 소리냐! 꼭 방탕하게 산다고 해서 망한다는 법이 있느냐? 누구는 방탕하게 살았지만 벼슬을 했고, 누구는 건실하게 살았어도 인생이 별로였다. 이렇게 역정을 내고 춘풍이는 다시 술을 먹겠다고 집을 나가 버렸습니다.

여러분이 보기에는 누구의 말이 맞습니까? 춘풍이가 말한 것처럼 방탕하게 살다가 높은 벼슬을 한 사람들도 분명 존재합니다. 또 착실하게 살았지만 불행했던 사람들도 있었지요. 그렇다면 그런 사례들에 근거하여 현실을 인식하는 것이 과연 합리적일까요? 그렇게 세계를 바라보고 나의 삶을 조정하는 것이 과연 현실적인 일일까요?

이춘풍은 이치에 맞지 않게 세상을 바라보고 있습니다. 벼슬을 하고 돈을 벌기 위해서는 마땅히 그만한 자격과 실력을 갖추어야 합니다. 혹 그렇지 않은 사례가 있다고 하더라도 그것은 우연한 일이고, 그래서 드문 일이니 그런 사례에 비추어서 세상을 이해해서는 곤란하겠지요. 복권에 당첨되어서 큰 부자가 된 사람이 있다고 하여 열심히 일하는 대신 복권만 살 수는 없는 노릇입니다. 춘풍이는 가장으로서 자신이 어떻게 살아야 하는지에 대해 합리적이고도 현실적으로 이해하려고 하지 않습니다. 여전히 그는 한량 노릇을 하고 싶으니까 그 욕심 때문에 현실을 그릇되게 이해하고 있습니다. 물론 그는 이러한 판단이 잘못되었다는 것을 금세 깨닫게 됩니다. 아내의 하소연에도 불구하고 다시 집을 나간 춘풍이는 돈이 없다고 기생이나 친구들에게서 모두 외면받았으니까요.

셋째, 두 사람은 가족에 대한 책임감 면에서 차이가 납니다. 춘풍이가 무책임한 사람이라는 것은 이미 알 수 있습니다. 그는 부모가 주신 재산을 탕진하여 가정을 위기로 몰아넣었습니다. 이에 비해 춘풍의 아내는 무일푼에서 시작하여 다시 엄청난 재산을 모았습니다. 그 과정에서 온갖 힘든 일도 마다하지 않았지요.

그런데 보다 근본적인 차이는 배우자에 대한 태도에서 발견됩니다. 아내가 돈을 벌어 먹고살 만해지자 춘풍이는 다시 평양으로 장사를 떠나겠다고 말합니다. 그러자 아내는 평양은 그리 만만한 곳이 아니고 당신은 장사를 해 본 적도 없으니 가지 말라고 만류합니다. 아내의 말이 사실이었음은 실제로 춘풍이가 평양에 가서 돈을 모두 날린 데서 증명이 되었습니다. 그것은 우연한 일이 아니었습니다. 평양 기생 추월이는 자신을 받아 달라고 애원하는 춘풍이더러, "기생집 사정을 여태까지 몰랐단 말이오?" 하고 역정을 냅니다. 춘풍이는 현실에 무지했고, 그것은 다시 자신과 가정을 파멸로 이끌었습니다. 이처럼 진실로써 자신을 만류하는 아내를 춘풍이는 어떻게 했을까요? 춘풍이는 화를 버럭 내며 이렇게 말을 했습니다.

> 아니, 뭐가 어쩌고 어째? 다시 주색잡기를 하면 세상에 다시없을 비루한 놈이라고? 아니, 내가 장사를 간다고 했지 술 먹으러 간다고 하더냐? 이런 요망한 계집을 봤나? 천 리 길 장사하러 떠나는 남편한테 잘 다녀오시라고 인사는 못할망정 요망스럽게 잔말을 그렇게 해?

춘풍이는 남편에게 인사도 안 하는 요망한 계집이라고 아내를 몰아붙이고 때렸습니다. 춘풍이는 가장의 권위를 잘못 내세웠습니다. 몇 년간 집안을 일으키느라고 고생한 아내에게 해서는 안 될 일을 한 것이지요.

《이춘풍전》이 참 재미있는 까닭은 이러한 폭행이 고스란히 반복된다는 점입니다. 회계 비장이 된 아내는 춘풍이를 평양 감영으로 불러다가 나랏돈을 갚으라고 매를 때립니다. 하지만 이것은 사적인 감정에 의한 폭행이 아니라 법적인 절차에 가깝습니다. 물론 오늘날의 시각에서 보자면 아무리 죄인이라도 매로 다스리는 것은 바르지 못한 일이기는 합니다. 어쨌든 춘풍이는 아내를 폭행함으로써 그가 경제적으로 무능력하고 세상을 비현실적으로 이해하는 사람일 뿐만 아니라 인간성마저 저급한 존재라는 것을 스스로 증명했습니다. 배우자에 대한 최소한의 도리마저 다하지 못하는 사람이었지요.

춘풍의 아내는 어떠했습니까? 회계 비장이 되어 남편을 구출하고, 추월이에게서 돈도 돌려받은 아내는 남편보다 먼저 집에 왔습니다. 사정을 모르는 춘풍이는 마치 자신이 직접 돈을 번 것처럼 아내 앞에서 거들먹거립니다. 그러더니 아예 아내가 차려준 음식상이 입에 맞지 않는다고 타박을 합니다. 이런 춘풍이 앞에 다시 회계 비장이 나타나서 남은 음식을 모두 먹으라고 호통을 치지요. 춘풍이는 음식 먹는 것보다 혹시나 이런 장면을 아내가 볼까 봐 두려워합니다. 가장으로서 체면이 서지 않는 일이었으니까요. 하지만 회계 비장이 바로 아내였음이 드러남으로써 춘풍이는 자신이 진정으로 부끄러워해야 할 일이 무엇인지 깨닫게 됩니다. 아내 앞에서 거짓된 권위를 내세우는 것보다 착실하지 못한 것 자체가 더욱 부끄러운 일이었던 것이지요. 아내는 가장이자 남편인 춘풍이를 버리지 않습니다. 그가 다시 바른 사람으로 돌아올 수 있도록 기다리고 도울 뿐입니다.

자신을 비난하고 탓하는 배우자에게 춘풍이와 아내는 각기 다른 방식으로 대처했습니다. 춘풍이는 폭행을 가했고, 아내는 스스로 부끄러워할 기회를 주었습니다. 춘풍이는 아내를 무책임하게 대했고, 아내는 그런 춘풍이를 끝까지 존중했습니다.

《이춘풍전》에서 춘풍과 아내의 대조는 《계우사》에는 없던 이야기 전개 방식입니다. 이러한 대조를 통해 우리는 춘풍이의 삶의 방식을 비웃게 됩니다. 회계 비장으로 변한 아내에게 매를 맞는 춘풍이, 아내가 회계 비장인 줄도 모르고 음식을 마련하며 쩔쩔 매는 춘풍이를 지켜보는 것은 매우 유쾌합니다. 우리는 방탕하고 비합리적이며 무책임하면서도 가장의 권위만 내세우는 그를 조롱함으로써 근면하고 합리적이며 책임감 있는 삶을 존중하고 동경하게 됩니다. 풍자가 주는 힘이지요.

● 춘풍이가 망하는 과정

《이춘풍전》에서 춘풍이와 아내를 대조하는 것은 유쾌한 풍자의 한 방식이었습니다. 상업이 발달하고 신분은 낮지만 돈은 많은 사람들이 생겨나던 19세기의 조선에서 비웃음받아 마땅한 존재란 어떤 사람인지 《이춘풍전》은 드러냅니다. 바로 방탕하고 비합리적이고 무책임한 이춘풍과 같은 사람이지요. 한편 《이춘풍전》은 춘풍이가 망하는 과정을 통해서도 그런 존재의 진실을 폭로합니다. 이 과정은 세 단계로 이루어졌습니다.

첫 번째 단계는 춘풍이가 유흥에 돈을 허비하는 시기입니다. 기생질, 노름, 비싸고 맛난 음식들. 춘풍이는 욕망에 충실한 채 살아갑니다. 그렇게 부모로부터 물려받은 재산을 날립니다. 부모님은 춘풍이에게 재산만 준 것이 아니었습니다. 아버지가 돌아가셨고, 사회 관습에 따라 이제 이 집안의 가장은 춘풍이가 되었습니다. 하지만 춘풍이는 유흥에만 몰두했고, 그래서 재산뿐만 아니라 그의 가장권마저 스스로 내놓고맙니다. 춘풍이는 강제로 가장권을 박탈당한 것이 아니라, 자신은 그 권리를 누릴 자격이 없음을 깨닫고 포기한 것이었지요.

여기서 우리는 방탕한 삶의 진실을 하나 알게 됩니다. 그런 삶은 자신이 누리고 지켜야 하는 것들을 잃게 만든다는 것입니다. 춘풍이는 가족을 책임지는 의연한 가장이아니라, 아내에게 빌붙어 사는 못난이가 되었습니다. 물론 이런 판단은 다소 현대적이지 못한 면이 있습니다. 오늘날에 가정 경제를 위해 돈벌이를 누가 할 것인가는 얼마든지 자유롭게 결정할 문제입니다. 집에서 가사 노동을 하는 남편이 못난이는 아니니까요. 오히려 부부가 같이 업무를 조정하고 처리하는 모습은 책임감 있고 합리적으로보입니다. 하지만 춘풍이는 그런 부류는 아니었지요.

두 번째 단계는 춘풍이가 추월이에게 농락당하는 시기입니다. 서울에서 한 번 재산을 날렸으면 정신을 차릴 법도 하건만, 춘풍이는 또다시 평양길에 오릅니다. 이번에는장사를 해 보겠다는 명분이 있습니다. 하지만 그러한 다짐에 진정성이 없다는 것은 금방 증명이 됩니다. 춘풍이는 평양에 간 지 며칠이 못 되어 장사는커녕 바로 기생집으로 들어갔으니까요. 만약 정말로 춘풍이가 장사를 할 생각이 있었다면, 무작정 재산을 챙겨서 서울을 떠날 것이 아니라, 어떻게 장사를 해야 할지 준비를 했어야 합니다. 어떤 물건을 팔아야 할지, 누구에게 팔아야 할지 등등. 하지만 춘풍이는 그렇지 않았지요. 그렇다면 춘풍이는 애초부터 장사에 뜻이 없었거나, 무지했던 것입니다. 그리고 그 결과는 참혹했습니다. 첫 번째 단계에서 춘풍이는 가장권을 잃었는데, 이번에

는 아예 신분이 하락했습니다. 어제까지 기생집의 손님으로 대접받던 춘풍이가 오늘
은 기생집의 심부름꾼이 되었습니다. 말이 심부름꾼이지 실은 '머슴'이지요. 그가 하
는 고생은 그동안 누렸던 쾌락에 비례할 것입니다.

춘풍이는 아내에게 부끄러워서 집에 돌아가지도, 사람들에게 부끄러워서 동냥도
못하는 처지입니다. 여전히 그는 인생에서 중요한 선택을 수동적으로 하고 있습니다.
욕망에만 충실하고 인생을 자기의 선택이 아니라 남의 손가락질만을 피해서 사는 사
람에게 마련된 가장 적절한 자리란 결국 '머슴'의 지위였습니다. 이제 춘풍이는 방금
전까지 '추월이' 또는 '자네'라고 부르며 떵떵거리던 사람에게 '아가씨'라고 높여 부르며
허리를 굽신거리게 되었습니다. 그는 이제 가정에서뿐만이 아니라 사회에서조차 천대
받는 사람이 되었지요.

마지막 단계는 춘풍이가 아내에게 놀림받는 시기입니다. 소중한 가장이 남의 집 머
슴이 되었다는 소식을 듣고 춘풍의 아내는 분하고 억울하여 남편을 구하러 갑니다.
춘풍 아내는 매우 영특하고 치밀합니다. 무작정 평양에 간 게 아니라, 평양 감사가 될
만한 분과 인연을 맺어서 남편도 구하고 추월이를 혼내 줄 기회를 얻습니다. 아내는
평양 감사의 회계 비장이 되어 나랏돈을 갚지 않은 죄로 춘풍이를 매질하고, 나랏돈
을 허비한 죄로 추월이를 매질합니다. 그리고 돈을 받아 내지요. 춘풍이는 아내 덕분
에 빚도 갚고 머슴 신분에서 놓여나게 되었지만, 집에 와서는 다시 아내를 구박합니
다. 춘풍의 아내는 이런 춘풍이를 보며 얼마나 가소로웠을까요? 춘풍이가 회계 비장
을 위해 칡즙을 마련하느라고 부엌을 들락거리고, 회계 비장이 건네는 음식을 비굴하
게 받아 먹으며 눈치를 살핀 것은 혹시 아내가 보지나 않을까 두려워서였습니다. 이미
자기 앞에 아내가 있는 것도 모르고서 말입니다.

회계 비장의 정체가 밝혀지면서 춘풍이는 기쁘고도 상쾌한 마음이 들었습니다. 참
이상하지요? 가장 수치스러워야 할 순간에 왜 춘풍이는 기쁘고 상쾌했을까요? 아내
가 볼까 봐 춘풍이가 눈치를 살폈던 까닭은 스스로 부끄러운 구석이 있었기 때문이었
습니다. 춘풍이는 아내에게 거짓을 통해서라도 권위 있는 존재로 남고 싶어했습니다.

하지만 이제는 그럴 수 없게 되었고, 그럴 필요도 없어졌습니다. 이미 아내가 모든 것을 알기에 춘풍이가 기댈 수 있는 권위는 사라졌고, 아내가 자신을 구원하기 위해 애를 썼다는 것을 춘풍이가 알기에 거짓된 권위를 내세울 필요도 없어진 것이지요.

춘풍이가 새로운 사람으로 거듭나는 과정에서 우리는 자존감에 대해 고민하게 됩니다. 춘풍이는 향락적인 생활, 무책임한 생활을 하면서도 거짓된 권위에 근거하여 자존감을 지키고자 했습니다. 이것은 모래 위에 쌓은 성처럼 한순간에 허물어져 버리는 것이었지요. 우리가 만약 우리 자신을 똑바로 바라보고 자신이 무엇에 근거하여 자존감을 누려야 할지 고민한다면, 우리는 보다 자유롭고 상쾌한 삶을 살 수 있을 것입니다.

춘풍이는 방탕한 삶을 살다가 추월이와 아내에게 농락을 당했습니다. 이 과정에서 그는 가장권을 잃었고, 머슴으로 전락했고, 부끄러움의 끝을 맛보아야 했습니다. 하지만 그럼으로써 자신의 밑바닥을 확인하고 새로운 사람이 되었습니다.

● 춘풍이를 비웃으면서 배우는 것

《이춘풍전》이 지어진 19세기는 조선 사회에 급격한 변화의 바람이 불던 때였습니다. 사회, 경제, 문화, 국제 정세 전반에 걸쳐 과거와는 다른 움직임이 일었습니다. 이춘풍처럼 돈은 많지만 신분은 그리 높지 않아서 품격 있는 삶에 대한 훈련이 되지 않은 사람들이 출현했고, 이들은 재산, 가족 관계, 그리고 자기 자신에 대해 무지하고 무책임했습니다. 《이춘풍전》은 춘풍이와 아내의 대조를 통해, 그리고 춘풍이가 망하고 거듭나는 과정을 통해 욕망에만 충실한 저급한 삶을 비웃고 바람직한 삶을 존중합니다. 이것이 《이춘풍전》의 풍자이고 그 가치이겠지요.

지금이 갓 쓰고 도포 자락을 휘날리던 조선 시대는 아니지만, 세상이 우리도 모르는 사이에 새로운 세계로 진입하고 있다는 점에서 우리에게도 이춘풍이 겪은 것과 같은 혼란이 있을 수 있습니다. 그것은 어느 시대에나 사람들이 겪어야 되는 인생의 본

질이라고 할 수 있습니다. 우리가 어떤 세상에서 살고 있는지, 그 속에서 나는 어떤 존재인지를 깨닫기란 여간 어려운 일이 아니거든요. 하지만 그러한 혼란 속에서 우리가 지켜 내고 추구해야 할 것은 본능적인 욕망에만 충실한 맹목적인 삶 또는 과거의 관행에 매달려서 거짓된 권위만 내세우는 삶이 아니란 것은 분명합니다. 우리는 우리가 부끄러워해야 할 것이 무엇인지, 새롭게 배우고 받아들이며 존중해야 할 것이 무엇인지 용기 있게 탐색해야 합니다.

이러한 깨달음이야말로 춘풍이를 비웃고 조롱하면서 우리가 배우는 것이겠지요.

어쩌다 춘풍이는 그렇게 되었을까?

● 이춘풍은 서울 다락골에 살던 부잣집 아들이었습니다. 부모님이 돌아가시자 춘풍이는 기생들과 어울려 술 마시고 노는 일에만 몰두하여 재산을 탕진하게 됩니다. 우리는 이런 삶을 방탕하다고 하지요. 그런데 방탕한 삶은 재산을 허비하기 때문에 나쁜 것인가요? 왜 우리는 방탕한 삶을 멀리해야 하는지 고민해 보고 자기 의견을 이야기해 봅시다.

● 이춘풍이 기생질에 노름을 하다가 재산을 모두 날리자, 춘풍의 아내는 정신을 차리라고 하소연을 합니다. 그러자 춘풍이는 방탕하게 살았어도 출세한 사람이 있고, 건실하게 살았어도 불행한 사람들이 있었다면서 화를 냅니다. 춘풍이의 주장은 왜 잘못된 것일까요?

● 춘풍의 아내는 평양에 간 남편 소식을 듣게 됩니다. 장사는 하지 않고 다시 기생집에 갔다가 재산을 날렸고, 그래서 그 집 머슴이 되었다는 것이지요. 여러분이 만약 춘풍의 아내라면 어떤 기분이었을까요? 화가 났을까요? 슬펐을까요? 어처구니가 없었을까요? 그럼 가장 싫은 상황은 무엇이었을까요? 남편이 머슴이 된 일인가요, 아니면 재산을 다시 날린 것인가요? 아니면 약속을 어기고 다시 기생과 만난 것인가요? 자유롭게 자기 생각을 이야기해 봅시다.

● 춘풍의 아내는 남편을 구하고 돈을 되찾기 위해 참판댁 부인에게 자주 음식을 대접합니다. 참판이 평양 감사가 되면 도움을 받기 위해서이지요. 그렇다면 춘풍의 아내는 특별한 목적을 가지고 인간관계를 맺고 있다고 볼 수 있습니다. 더구나 회계 비장이라는 공적인 자리에 추월이를 혼내 주겠다는 사사로운 감정과 평양 감사와의 개인적인 인연을 엮었습니다. 하지만 참판이 평양 감사가 되거나, 자신을 비장으로 데려갈지는 불확실하기도 했습니다. 춘풍의 아내가 취한 전략에 대한 여러분의 생각은 어떻습니까? 도덕성이나 정당성, 또는 현실성의 측면에서 평가해 봅시다.

◈ 춘풍이는 추월이네 집에서 머슴살이를 하게 되었습니다. 그것은 매우 힘든 일이었지요. 차라리 집에 돌아가거나 다른 길을 찾을 수도 있었을 텐데, 왜 춘풍이는 머슴살이를 했을까요? 혹시 여러분도 큰 고난에 빠진 적이 있었습니까? 그럴 때에 어떻게 대응했습니까? 그리고 그런 대책을 고른 까닭은 무엇이었습니까?

◈ 회계 비장 덕분에 춘풍이는 빚도 갚고 집으로 돌아올 수 있었습니다. 하지만 서울에서 아내가 차려 준 음식상을 보더니 짜증을 내면서 다시 평양으로 돌아가겠다고 합니다. 아내는 이 모든 상황을 다 알면서도 모른 척하다가 다시 회계 비장으로 옷을 바꿔 입고 나타나서 춘풍이를 골려 줍니다. 그리고 이번에는 정말로 춘풍이가 마음을 바꿔 새사람이 됩니다. 가장권을 넘기겠다고 수기를 쓰거나 재산을 잃고 머슴이 되고, 심지어 매를 맞아도 변하지 않던 춘풍이가 이번에는 확실하게 변했습니다. 무엇이 춘풍이를 새사람으로 만들었을까요?

참고 문헌

구완회, 〈조선시기 관찰사의 막료조직〉, 《조선사연구 8》, 조선사연구회, 1999.

권순긍, 〈'이춘풍전'의 풍자성과 근대적 지향〉, 《반교어문연구 5》, 반교어문연구학회, 1994.

김종철, 〈'배비장전' 유형의 소설 연구〉, 《관악어문연구 10》, 서울대학교 국어국문학과, 1985.

김종철 주석, 〈게우사〉, 《판소리연구 5》, 판소리학회, 1994.

신해진, 《조선후기 세태소설선》, 월인, 1999.

유희경, 《한국복식사연구》, 이화여자대학교출판부, 2002.

이태화, 〈조선후기 왈자 집단의 구성과 성격〉, 《한국학연구 22》, 고려대학교 한국학연구소, 2005.

국어시간에 고전읽기 18

이춘풍전, 춘풍이는 봄바람이 들어 평양에 가고

1판 1쇄 발행일 2015년 7월 20일
1판 3쇄 발행일 2022년 9월 26일

기획 전국국어교사모임
지은이 이정원
그린이 김언희

발행인 김학원
발행처 (주)휴머니스트출판그룹
출판등록 제313-2007-000007호(2007년 1월 5일)
주소 (03991) 서울시 마포구 동교로23길 76(연남동)
전화 02-335-4422 **팩스** 02-334-3427
저자·독자 서비스 humanist@humanistbooks.com
홈페이지 www.humanistbooks.com
유튜브 youtube.com/user/humanistma **포스트** post.naver.com/hmcv
페이스북 facebook.com/hmcv2001 **인스타그램** @humanist_insta
편집책임 문성환 **편집** 윤무재 **디자인** 김태형 박인규 림어소시에이션
용지 화인페이퍼 **인쇄** 청아디앤피 **제본** 민성사

ⓒ 이정원·김언희, 2015

ISBN 978-89-5862-871-2 44810